PONEY FLOTTANT

Coma augmenté

Isabelle Wéry

ONLIT — EDITIONS

À Marcel Berlanger
(*habitudes et intensités fixes*)

e per tutti gli amici
di San Pietro a Dame 018

« Free as a bird », riait le garçon
« My body is my temple », riait la fille

Je kiffe mon corps
(haïku d'été)

Jejeje

Où suis-jejeje ?

Mon corps semble engourdi

Maismaismais

Suis-je ?
Sweetie Horn, Anglaiz, j'écris du polar
Oui, c'est ça ???
Oui, c'est sûrement ça

Mais où suis-jejeje ?
Il me semble que mon corps est réellement
absent   Je ne peux rien bouger
Ah suis-jejeje moooooorte ?
Je n'entends rien

Si

« Bipbipbipbip »

Un hôpital ?!?!   Oh. Et il me
semble entendre un souffle humain à côté de moi

Mais c'est carrément flippant :
Suis dans un trou noir
Dans l'impossibilité absolue de bouger
Et quelque chose ou quelqu'un souffle
à côté de moi
Je vais crier :
Arghhhh
Eurffff
Mmmmmmmm
Aucun son ne semble sortir de ma bouche ?
Mais ai-je toujours une bouche ?
Suis-je toujours un être vivant ?

Ou bien ne reste-t-il plus
de moi qu'un brin de conscience, là, qui formule
ce que je pense

Lueur dans une sordide caverne noire

Jejeje

J'ai peur

Ah

Mais peut-être suis-je en train de rêver ?
Et vais bientôt me réveiller ???

Tiens, il me semble percevoir une voix
Nooon !
DES voix
Oui, des voix humaines,
semble-t-il

Bon, eh bien, c'est déjà ça

Peut-être
ai-je été capturée par je ne sais quel pervers et
est-il en train de me dépecer après m'avoir fait
ingurgiter quelque poison qui n'aurait marché
qu'à moitié

Mais non, Sweetie, en général, les pervers
ne capturent pas les vieilles femmes comme toi

Ah mais oui, tiens, c'est vrai ça : je suis une vieille femme ???

70 ans, je crois,
oui quelque chose comme ça

Bon, les voix se sont tues

Il va bien finir par se passer quelque chose, là

Hein ?

Au moins une envie de pisser,
un éternuement, un pet, que sais-jejeje ?

Tiens, à nouveau la voix

Féminine, semble-t-il

MAMAN ?...
Oui.... MAMAN !!!

C'est la voix de Maman

Mais qu'est-ce qu'elle fait là ?

Je crie :

MAMAAAAAAAAAAAAN

Elle ne m'entend pas ???

Sa voix se rapproche

Il me semble qu'elle a dit :
« Vous n'avez pas l'impression qu'elle a bougé ? »

D'autres voix, masculines cette
fois, semblent lui répondre un unanime :

NON

Maman

Mais OUI,
Maman, je bouge, je suis là,
tu ne m'entends pas, regarde, M'man,
comme je bouge
à l'intérieur de mon corps

Ouuuuuuuuh Ouuuuuuuuuh

Regarde comme je bouge

Ah. C'est donc cela
Je suis vivante

Mais ils ne le voient pas

Un hôpital, c'est cela ?
Une espèce de coma

Mais qu'est-ce qui m'aurait foutu dans cet état-là,
nom d'un renard ?   Attends que
C'est quoi le dernier truc qui m'est
arrivé dont je me souvienne
Oui   J'ai pris le train Eurostaaar
Depuis LLLondon, ça c'est sûr
Pour aller où ??? Parrris ? Impossible. Je déteste
Amsterdaaa ?   Impossible. Je déteste aussi
Brussselles ? Ah. Peut-être
Aaaachen
Oui, sûrement

Tiens

Il semble qu'une tierce personne se soit
approchée

Elle parle de soins, de confort, d'accompa-
gnement Mais. Mais. Mais

Elle parle Françay
Ou plutôt, non, une espèce de langage
proche d'un Françay bâtard
Belllge, Belllge, c'est du
Belllge

Oh oui, ce gros accent maladroit venu à
pied du fond des âges

                    Je ne comprends pas bien
ce qu'elle dit
            J'espère qu'elle sait que je ne suis pas
tout à fait morte

        Morte, Sweetie ?
    Suis-jejeje en train de mourir ?

    Déjà ?
                    Moi qui rêvais d'être un
    jour une très très très vieille dame et de pouvoir
contempler en fumant le cigare l'éventail
            des événements qui ont marqué ma vie

            Mourir
                Déjà ????

        Il me semble que j'entends renifler
                    Maman

    Mais si Maman est là
    Papa ne doit pas être loin, lui non plus ?

Aaaaaaaaah voilà. Je me souviens,
j'ai pris l'Eurostaaar, je suis arrivée à Brussselles,
j'ai loué une chambre en ville et j'ai participé aux
20 km de Brussselles, course à pied populaire
Et puis ???

Mais quelle dinde, je suis

À 70 ans, s'inscrire à un semi-marathon ?

Tout ça à cause de Poney

Tout ça pour imiter bêtement l'auteur
Japonei Harukiki Murakami et son *Autoportrait de
l'auteur en coureur de fond*

Sweetie Horn,
t'aurais mieux fait de t'inscrire à un triathlon de
macramé ou de crochet

Comme une vieille dame normale

On ne court pas son premier
semi-marathon à 70 ans

C'est ça, j'ai dû faire un malaise

Oui oui, je courais dans la
foule et tout à coup, il y a eu un frémissement

Car au troisième kilomètre, le roi des Belllges est
apparu, il courait lui aussi

Et les gens se sont agités

Voir passer son roi en short Adibas
n'est évidemment pas chose commune pour un
Belllge   Oui, c'est ça   Et les gens se sont
adressés à lui et lançaient des encouragements
Et cette agitation soudaine m'a fait peur,
c'est vrai
Je sentais la force de cette foule
Sa puissance
Elle m'a effrayée, cette force, et il
me semble que mon cœur s'est emballé

Comme si j'étais prise dans
un troupeau de buffles courant comme des dératés

Et j'ai eu mal
Très mal aux jambes
Sales jambes
Empoisonnent toute ma vie
Jambes de naine
Aaaaaaah, sales jambes de naine
David Bennenttt féminine

Juste bonne à faire actrice
pour Volker Schlöndorffff.
On aurait été beaux *Le Tambour* et moi

Bon

Et qu'est-ce que je fais maintenant

Dans ce trou noir

Sans corps

Sans possibilité de parler

Il me semble que je n'ai plus d'odorat non plus

Dormir, dormir alors

Mais non, je n'ai pas sommeil !

Je suis même en pleine forme !

Nom d'un gnou,
je n'imaginais pas ma fin de vie aussi minable

J'espérais mourir en dormant, la nuit

En laissant
nonchalamment à mon chevet quelques lignes de
mon dernier manuscrit
Ah oui, ça aurait plu aux journalistes ça,
les dernières lignes de Sweetie Horn
À coup sûr, on les aurait gravées sur
ma stèle mortuaire
J'aurais été réduite à ces quelques lignes

Une vie résumée en quelques
consonnes et syllabes

Tandis que là, c'est débile,
qu'est-ce qu'ils vont pouvoir écrire sur ma stèle :
« Ci-gît Sweetie Horn, décédée au kilomètre 3
d'un semi-marathon (semi, même pas total !!!!),
après avoir vu passer le roi des Belllges en short
Adibas »
Ridicule   Je suis ridicule

Rien à cirer du roi des Belllges
Rien à cirer de faire la promo
d'une marque d'accessoires sportifs

Purée purée, cette situation
commence à me rendre dingue

Et puis je vois déjà
d'ici les titres nécrologiques du *Sunday Times* :

SWEETIE HORN IS DEAD
SWEETIE HORN, NO MORE LEGS
SWEETIE HORN FELL

Et leurs informations erronées sur mon
compte, les erreurs de dates, les interprétations, les
amours supposés, les lapsus, oh, nom d'un hamster, quelle catastropheEt là, végétant, je ne peux ni
agir, ni donner de coup de fil à cet enfoiré de cri-
tique littéraire A.T. pour lui ordonner de corriger
quoi que ce soit, abruti
Et mes droits d'auteur ?
Qui va empocher mes droits d'auteur ?
Ah oui, ce sont mes frères qui vont empocher
toutes les royalties produites par mes rééditions
post-mortem qui vont pulluler
Mes frères, et puis les fils de mes frères
Et que vont-ils faire de tout ce fric, ces jeunes
cons !!!   Roooh, je n'ose pas imaginer

Tout ça pour ce petit ça !!!   Quel désespoir
  Les anthologies, les études critiques, les enregis-
      trements audio par des actrices célèbres
    Ah les commerciaux vont s'en donner à
cœur joie !!!   Voire même des
TEE-SHIRTS avec mon effigie
Ou, horreeeeeeur, mes JAAAAAAAMBES !!!!!
    Oh non, faut pas qu'ils fassent ça, les cons,
des tee-shirts imprimés avec mes jambes
Des posters, des tattoos, des sous-verres, des
planches à tartiner, des chocolaaaaaaaaats
    Bon, faut qu'on me tire de cet état de crevette
séchée parce que là, je deviens cinglée et vulgaire

    MAMAAAAAAAAAAN
    MAMAAAAAAAAAAAAAAAAN !!!!!

    Tu m'entends ?

Mais regarde-moi, nom d'un tigre, regarde
comme je bouge, comme je pense,
                    comme je parle, comme je

            Jejeje

        Je pleure ?

Oui, je pleure, je sens que je pleure à l'intérieur
        Des larmes sans eau
                    Je doute que le moindre liquide
                sorte de mes glandes lacrymales
                    Solitude 100%
                Ne plus pouvoir écrire
        Mon stylo !!!
        Qui va hériter du stylo de Sweetie Horn ?

Bon, il faut que je fasse travailler mes méninges.
    Comme certains prisonniers d'Auschwitz ont
    fait fonctionner leur pensée sans être autorisés à
                        prendre de notes
        Écrire mentalement

            Et si je m'en sors, j'écrirai tout ça
Ah mon éditeur, ce con, il adorera ce concept-là
J'imagine déjà ses slogans publicitaires :

        LE LIVRE ÉCRIT DURANT
        LE COMA DE SWEETIE HORN
        LE LIVRE ÉCRIT SANS STYLO

Le con, mon éditeur

         Ok   Bon   Let's go

J'écrirai ça :

Au début, dans le corps de ma mère, ça a dû être bien. J'aurais aimé garder quelques souvenirs conscients... Des sensations, des odeurs, des images.

À 18 ans, mon Père et ma Mère furent « actifs » avant le mariage. Le ventre gros, ils ont dû passer dans une église. Leurs Parents n'étaient PAS DU TOUT contents ; ça se voit sur les photos du mariage, les têtes déconfites et pas fières. Le Père de ma Mère l'a traitée de « petite vache » (bon, il est vrai qu'elle se mariait avec un Fils de ferme, de grosse ferme, soit, mais de ferme). Et ma Mère, honteuse de la ronde plante dans son ventre. Rasant les murs de son petit quartier de la grande ville, camouflant sous des frusques amples le reliquat globuleux de ses ébats pécheurs.

Ça, ça me touche de penser à ma Mère dans cet état de honte-là, sa crainte du jugement de son voisinage, sa volonté de disparaître sous terre. 18 ans, c'est encore l'enfance, ça se voit aussi sur les photos que mes Parents, avant la grande faute, étaient du très jeune, du childhood, de la joyeuse, des chairs...

Normal que ces deux bombes aient eu le désir de se colmater les jointures.

Faut dire, du côté de mon Père, la Famille, il y avait du très chaud lapin... Oh j'adore cette image ! « Chaud lapin », « hot rabbit », « horny devil », « hot dog », « hot spot »... Les mâles de ma Famille paternelle eurent du virulent à la libi. D'une certaine manière, ça m'est plutôt agréable de me savoir issue d'une lignée de « hot rabbits ». Que la religieuse n'ait pas réussi à cadenasser les corps de mes Ancêtres me rassure. J'adore les récits mythiques d'anecdotes familiales... Mes Oncles poursuivant (braguette ouverte ou pas ?) mes Tantes affolées (les pauvres, ceci dit !) autour de la grande table en chêne massif de la salle à manger... Et cet autre, terrassé par une crise du cœur dans les bras d'une protestiput d'un bouge du port de Lllondon. Oh que de halos électriques flottant autour des figures de mes Ancestrales ! Le Père de mon Père, George, devait être le plus sage. Et pourtant, Grand-Père George, je l'ai souvent vu suer devant Maddooonna en short à paillettes à la télé. Et ma Grand-Mère de s'encriser de pure jalousie. Comme si Maddooonna avait pu surgir du poste de télé et s'acharner sur l'entrejambe de mon Grand-Père. Faut dire, mon Grand-Père est très très très beau. Il a des yeux bleus magnétiques, un sourire suave et n'est pas trop poilu. Rien à voir avec ces représentations de fermiers mi-hommes mi-loups qui hantent les campagnes de par chez nous. Non.

Mon Grand-Père a beaucoup de classe (a même appris le violon quand il était petit), quelque chose d'une Ingland prestance, d'une retenue de Lord. Il m'aime à la folie. À 10 ans, je suis sa Princess, sa Queen de l'étable, son cake au foin. Et il sait me le dire, me le faire sentir. Rien qu'en me regardant, rien qu'en mettant du supra-sweet et de l'amour sans conditions dans ses yeux. Et cette force-là, je ne pourrai jamais l'oublier. Cette qualité de regard. Amour majuscule.

Alors j'en profite un max. Mesure l'étendue de mon pouvoir sur lui. À coups de taquineries, de caprices, de désirs insensés. Et il m'offrira un jour, un vrai cheval. Et voilà. Je ne suis encore qu'une toute petite enfant et de tous les êtres qui peuplent la ferme, c'est moi qui ai le plus de pouvoir sur mon Grand-Père. C'est bien plus excitant que tous mes videogames où tu deviens éminence des croûtes célestes virtuelles. Je suis la maître d'un monde réel, où le moindre balbutiement de mes cils induit des circo-révolutions dans notre toute grosse ferme du Pays des Galles.

Faut dire, de par chez nous, on a du sang de Henry le XXVIII, on a toutes les miniatures des héros de Shakessspeare dans les artères. On a les guerres, on a les battles, on a les Vikings, du corbeau noir et des têtes coupées... Et JE, est maître absolu de mon Grand-Père, donc de la ferme. Je veux le pain doré, la Grand-Mère DOIT me préparer le pain doré. Je veux le fish & chips au lit, je le reçois au lit. Je veux le cheval, bientôt je l'aurai. Grand-Père l'a dit. Ce n'est qu'une question de temps, de jours, de date d'anniversaire. Pour mes 12 ans, je l'aurai, le cheval. Tout le monde est contre car ils disent que je ne vais pas m'en occuper, du cheval, qu'au bout du compte, c'est la Grand-Mère qui aura tout le boulot sur son vieux râble mais si je le veux alors mon Grand-Père le veut, alors j'aurai la bête. Je DOIS l'avoir. Tous les conquérants d'un Royaume ont un cheval. Plus que deux années à tirer. Mais c'est long, si looooooooong et douloureux. Donc, je me traîne d'une activité destroy à l'autre : laisser tomber mes toasts beurre-confiture à terre, que la Grand-Mère ait à ramasser et à courber l'échine sous mes yeux, voir son misérable dos, bossu comme un monstre du Loche Ness, dos à trop traire les vaches, à vivre replié sous les gros mammifères. Je ne peux pas comprendre comment mon si beau Grand-Père peut avoir un jour épousé cette si laide chose qu'est la Grand-Mère. Elle fait vieille, elle a des poils. Et lui d'être dandy, de quelque chose d'Oskkkar Wilde. Ce souillon ce pli collé aux fourneaux ou au purin à suer de la puanteur à table elle ne mange pas à côté de Grand-Père je l'ai exigé qu'elle mange dans la cuisine la bonniche qu'elle mange dans l'évier qu'elle y saigne qu'elle y fonde qu'elle qu'elle. JE mange à côté de Grand-Père.

Oui, à y bien réfléchir, je sais que je vis dans un vieux monde encore un peu machiste, et tout compte fait, je préfère m'associer au pouvoir des hommes et profiter d'un statut privilégié plutôt que de compatir au sort de mes soi-disant consœurs, les féminines. Car au final, les femmes, je crois que je les hais. Et je veux en être redoutée, effrayante et dictatoriale. Et leur représentante absolue, la mère de toutes les mères, Dame Nature, je l'abhorre. Je lui caque à la face, lui tords tout son appareillage. La tue. Cette sale Mère Nature. Têtue comme un âne bâté, cette puste, à mon Grand-Père et moi, elle impose à chaque jour de notre vie à la ferme son humeur capricieuse. Rythme séculaire des saisons, manque de luminosité, cortèges de grêles, de tonnerres, de froids de ducks, de dégels, pluies de crickets, déluges de frogs... Sale Nature donne quotidiennement du fil à retordre à Grand-Père. Je vois parfois pointer du désespoir de vieux dans son regard ; son bleu azuré tourne au gin frelaté et j'ai peur. Il ne doit pas mourir, il est. Il est Celui qui Est. Mais tout à coup, son dos se met à se voûter, la peau de son cou pendouille, les contours de son visage se floutent. Tu ne peux pas mourir, Grand-Père... Alors, je le regarde intensément, je lui donne le bleu de mes yeux - on a les mêmes yeux, la même pureté, la même force de cristal - et il se remplit de mon regard, se remplit de la force vitale de mes 10 ans, et le pauv' vieux me boit, comme les vieillards boivent de *Très belles endormies*, il m'engouffre tout entière, une sève, et le corps de Grand-Père est pris de convulsions, d'actes fiévreux...

Vis, mon Roi,
Sois fort, mon Roi,
Pompe ta puissance en moi,
Et repars au combat, My King.
Mate-moi cette puste de Nature,
Ce caprice outrancier,
Cette chienne aux séculaires mamelles.

Et Grand-Père, chu dans la boue, se redresse, séquoia de chair, ses yeux cristaux bleus déchirant son visage, sa main agrippe la fourche à trois dents et l'objet contondant s'écroule en plein dans la gueugueule de Nature qui gît comme un gecko hara-kiré dans la bouse des pavés de la cour. T'es morte, Nature. Je sais, jusqu'à demain.

Grand-père, je panserai tes ecchymoses.
Je lècherai tes plaies.
Je me ferai douce, comme une jeune cheval.
Tu es mon Roi.
Mon Rocky. Mon KinKong. Mon Viking.
Et s'il vous plaît, Majesty, look at me.
Fût-ce de temps à autre.
Pose tes yeux irisés sur moi,
Rends-moi ce regard royal au travers duquel,
Je flamme.
Pulse-moi.
Sors-moi de ma condition d'être si femelle.
Un seul non-regard de toi and I die ;
Ne suis plus qu'en proie au manque de Thou.

Mon Roi, tu me tiens.

Ce soir-là,
Grand-Père me dit que le temps est venu.
Qu'il faut se déshabiller.
Enfiler la robe de nuit immaculée en pilou.
Ôter les chaussons de mouton.
Il ouvre sa couche, grand.
(La Vieille dort sur sa natte entre les bûches dans
la cuisine)
Il ouvre ses bras, grand.
Je pose un peton timide sur le drap du lit, blanc lui
aussi.
Je me love contre ta poitrine.
Ne pendouillent plus, les peaux de ton cou,
Ni de tes bajoues.
Tu refermes tes membres.
Je sens des trucs.

Au très petit matin, j'ai soif, je descends dans la
salle de séjour. La Vieille est déjà affairée au jour-
nalier nettoyage. M'apercevant, elle suspend son
ouvrage. Me regarde. Son visage est bouffi, ses
yeux sont orange. D'une intensité cinglante. Elle
m'asperge de haine. Je soutiens. Je n'ai pas peur. Au
cours de cette nuit, dans les draps de mon King, je
suis LA Reine. Et j'ai décidé d'être une Reine très
Cruelllla d'enfer. À en repousser toutes les limites
de la décence.

Le regard de la Vieille vacille... (Va-t-elle vraiment s'écrouler au sol, la loque à épousse-ter étouffant ses hoquets ???) Ses yeux balayent le néant... Fait un pas incertain à gauche... Puis à droite... Perd l'équilibre... Puis file à la cuisine brave petite bonniche j'aime bien. Je ne sais pas pour-quoi, mais j'aime bien. Mettre la Mère de mon Père dans cet état-là. J'aime vraiment bien. Et je cours dans le pieu de Grand-Père.

Quelques heures plus tard, des brouhahas me réveillent. Grand-Père n'est plus à mes côtés. Ah oui, c'est vrai... Aujourd'hui, c'est la grande effervescence annuelle à la ferme : à midi pile, la traditionnelle fête de Holy Maria rassemblera tous les Frères et Sœurs de ma Grand-Mère. Ils y boiront du sherry, mangeront du fish & chips et termineront par un cake chocolat-menthe. C'est THE rendez-vous de l'été, ponctué des bilans de chacun : investissements, spéculations, pertes et profits, territoires conquis... mêlés aux souvenirs familiaux, aux hommages aux héros tombés à la guerre, anecdotes grivoises, insinuations, débuts de gestes déplacés... Tous ces Frères et Sœurs étant de gros gros gros fermiers aux nombreuses pro-priétés couvrant toute l'étendue du Pays des Galles, et même bien au-delà. Et en général, la fête de Holy Maria, Grand-Mère y parade en reine maîtresse de maison que je la déteste.

Mais j'ai mon plan.

Je la ferai mourir.

Je déteste ses poils de Dracucucula dans les oreilles.

Je déteste ses dents brunies de chien bâtard.

Je déteste ses moignons tordus de travailleuse trop manuelle.

Tant de laideur ne mérite pas Grand-Père.

Mon plan :

1. Je ne me lève pas, je reste dans le lit de Grand-Père jusqu'à l'arrivée des convives. Ça énervera la Vieille ; elle me voudrait habillée de marine et de blanc, telle enfant modèle, prête à faire des ronds de jambe à toutes ses Sœurettes rabougries et pileuses, elle veut se servir de moi, objet d'apparat, m'utiliser pour sa gloire. Car, il est vrai, je suis une très jolie enfant, rousse au visage pâle, aux membres inférieurs et supérieurs parfaitement proportionnés, aux taches de rousseur délicatement saupoudrées sur des traits fins, ma bouche d'angelot, mes mollets d'agneau. Eh bien non, Grand-Mère, je ne me lève pas, je reste dans la couche de Grand-Père, m'y vautre comme une cochonne. Je sais que tu t'en plaindras à Grand-Père, que vous égrènerez quelques mots tendus en un patois Britain archaïque et que votre conversation se terminera par un obtempérant de Grand-Père : « Laisse faire l'Enfant. » (avec très grande majuscule hein, « Enfant »)

2. Aux claquements des portières des voitures des convives, j'agis ! Grand-Mère, tu vois, cette précieuse sculpture de cristal que tu adores ??? Oui, celle que ta God-Mother t'offrit le jour de ton mariage... Je la fendille délicatement, j'extrais un petit bout de l'aile de l'ange de droite, celui qui tient un cierge et qui semble être le plus gentil. De cet éclat de cristal, je m'entaille le genou. Le sang pourpre qui surgit est si beau, si frais, pur, fort... Sang du sang de Grand-Père, fleuve de noble lignée, à m'en arracher des larmes. Et cet élixir opaque, je le répands à l'arrière de ma chemise de nuit en pilou. Traînées écarlates peut-être explicites. Méthodiquement, je range mon petit magasin. Me lave les mains. Porte un pansement au genou fendu. Et jette un dernier regard au reflet du miroir de la garde-robe : je suis mirifique. Telle l'ange de ta figurine de cristal, Grand-Mère. À l'exception de ces taches rouges à l'arrière de ma robe de nuit comme tombées d'un no man's land de mon corps.

3. J'entame la descente du grand escalier. Nu-pieds. Telle une Reine des Afrikaaans. Chaque marche émet son petit chant particulier... Un tapis de Chorus Elizabethhhan. Je rejoins la porte qui me sépare du living-room où jacassent les convives ; j'entends les verres de sherry que leurs grosses chevalières font tinter. Je me représente parfaitement la scène qui se joue derrière la porte : des grasses fermières enfarinées, de gras fermiers aux

moustaches de sanglier jouant provincialement à
« Déjeuner de Dukes at the Royal Court »...

4. Et moi, moi, moi, j'ouvre la porte en cet instant-là.
J'entends que les conversations s'interrompent, que
leurs visages se tournent vers moi. Je me tiens face
à eux. Je souris, comme les poupons dans les publi-
cités pour savon de baby. J'attends patiemment
que tous les convives me regardent et émettent de
sirupeux « Owwwh, look who's coming... Owwwh
Sweetie, sweet heart, owwwh she's so cute... How
are you ? » Et là, en cette seconde précise, je me
retourne pour fermer la porte et offrir à tous l'arrière de ma robe de nuit aux taches de sang. L'effet
est immédiat. Plus un seul gros fermier ne bronche.
L'air de la salle de séjour devient compact, irrespi-
rable... On entend le sherry au fond des verres.

5. Je me retourne. J'avance vers ces Ladies & Gent-
lemen ; j'entame la tournée des salutations et des
baisemains. Tous sont pas jolis, plissés, des peaux
de queue de castors tannées par les intempéries du
Pays des Galles, des ongles de Captain Krochet indé-
lébilement noircis par le travail de la terre, des poils
raides sur les joues, et surtout, surtout, cette odeur
tenace d'étable qui traîne autour d'eux, imprégnant
jusqu'à leur moelle et qu'ils tentent de masquer sous
des parfums capiteux de chez Harrooods. Grand-
Père et moi, nous ne sentons pas l'étable. Nous
sentons le soufre, le stupre, le luxe. Mais pas l'étable.

6. Je jette un regard furtif à Grand-Mère, qui, à vue de nez, a pas l'air de se sentir très très bien semblant vomir son cœur à chaque froufrou de ma chemise en pilou sanglante. Puis je grimpe sur les genoux de Grand-Daddy. Grand-Mère s'oppose nerveusement. Grand-Daddy vocifère, toujours en vieil Inglish : « Laisse faire l'Enfant » (toujours avec majuscule)... Et à califourchon sur mon Roi, je clame à l'assemblée : « Grand-Père m'offrira le cheval le jour de mes 12 ans. » Des confus « Wonderful Sweetie, She's so cute !!! » fusent des vieilleries. Et je m'enfuis. Laissant derrière moi ce déjeuner d'Anglophones en champ de bataille, ma Grand-Mère en flaque et Grand-Père, total dingue de moi.

Purée, Rien ne semble bouger dans
la chambre d'hôpital

Peut-être est-ce la nuit ?

C'est étrange de se souvenir de quel enfant j'étais ?

Mais est-ce que tout ceci a
vraiment eu lieu ???
Ou est-ce la présence de la mort qui me
fabrique ces images ???

Je n'entends plus la voix de Maman

Soit
Je continue :

Je cours je cours à vingt centimètres de la terre.
Toujours, quand j'ai fait quelque chose de pas bien
qui me fait du bien, mon corps devient trop petit
pour contenir ma fièvre. L'adrénaline m'explose de
partout et je m'envole. Et je cours là. Là où j'aime
tant. Là où je vais avec Grand-Père. À l'étang. Et
pour atteindre l'étang, il faut emprunter la grande
allée des grands tilleuls. Ce passage obligé me rend
dingo. La cime des arbres est si loin du sol, si près
du ciel, à caresser les plumes des volatiles. C'est
de la Westmyster Cathedral, cette allée. Quelque
chose qui t'aspire vers le haut, vers le soleil dardant ses éclats dans le reflet des feuilles d'arbres,
autant de vitraux ciselés. Dans cette allée, presque,
tu pourrais te mettre à croire en Dieu. Mais je
m'arc-boute. Je sais que c'est un piège de Sale
Nature : elle t'entortillerait dans sa beauté, jusqu'à

te faire croire que non, que ce n'est pas possible, que quelqu'être suprême - donc, Dieu of course - doit être à l'origine de tant de beauté. Grand-Père et moi ne sommes pas dupes. La Vieille, elle, l'est (elle porte des petits médaillons religieux, des gourmettes, des grigris, ça fait drelin drelin sous ses côtes, on dirait un petit vélo, c'est risible). Non, Grand-Père et moi, nous n'aimons pas Dieu, on est juste amoureux de toute la majesté de l'univers. Alors dans cette allée, nous jouons à des trucs que j'adore. D'abord, je te décris Grand-Père comme il est élégant quand il marche avec moi dans l'allée : alors, il a ses grandes bottes de caoutchouc Eeeagle avec le bout renforcé d'acier, au cas où un gros bovidé lui roterait sur le pied. Alors, il a des fringues dites « techniques », de ces vêtements aux détails spécifiques qui font tout pour t'aider dans ton labeur : pantalon à taille ajustable par patte velcro, genouillères articulées et préformées, un dos montant protecteur, des zips de ventilation (zip déperlant), des renforts carrés, deux poches mains zippées sous rabat et bien entendu, toutes ces coutures sont thermo-soudées. Chemises en very light stretch cotton, libérant le mouvement, résistantes et ultra confortables, coutures contrastées, 92% cotton, 8% elasthane polyamide.

Cela me séduit que Grand-Père soit un guy aussi attentif aux détails de son vêtement ; j'aime cette préciosité, cette délicatesse pour effectuer un travail si rugueux. Et je note qu'il dégrafe les premiers boutons de sa chemise antiperspirante, je danse au son des zips et dézips, au frottement des matières... Et je tourne autour de lui, je fête sa présence du plus abyssal de ma joie, je gambade, chienne follette, et j'ouvre le jeu : je cavale devant Grand-Père et me jette à ses pieds, je roule je roule devant ses bottes d'acier, j'évite in extremis la morsure de sa grande chaussure à ma peau d'agneau... Et je roule et je roule et j'en ris et j'en ris. Et ce que j'adore, c'est que le pas de Grand-Père ne cille pas d'un iota. Il avance, ferme, à toniques enjambées de monarque sans douter de mon habileté à éviter la morsure. Parfois un renard argenté rejoint notre terrain de jeu, il glapit, jappe des mélodies comme seuls les canidés du genre Vulpes savent en japper, puis s'en va. Et je suis béate, profondément béate, des larmes voltigent de mes yeux, s'écrasent sur le pantalon imperméable de mon Roi.

Dans l'allée, les cris d'oiseaux m'impressionnent. Ils fusent de partout, concentration accrue d'oiseaux des terres et des mers ; notre ferme n'étant qu'à quelques miles du rivage, ils se retrouvent ici, à l'abri des vents, du soleil, de la pluie ou pour le simple plaisir d'être avec nous : pétrel boréal, crave à bec rouge, macareux, fulmar, guillemot, mouette tridactyle, goéland, courlis, huîtrier pie, hibou des marais, grèbe huppé et harle bièvre... Tous papillonnent dans mes boucles rousses et m'ensorcellent. Grand-Père connaît toutes les espèces d'oiseaux par leur nom ; il reconnaît leurs vols, leurs chants, leurs nids. Parfois, je rêve qu'un phoque gris de la côte remonte le courant d'un mini-bras de mer et vienne nous accueillir au bord de l'étang, maître-nageur glabre et luisant.

Non, non, toute cette beauté de Nature, je ne veux pas croire qu'elle soit l'ouvrage d'un Deus Ex Machina, je préfère penser que c'est la Nature elle-même qui a œuvré seule, agençant ses réactions chimiques, seule, rien qu'avec la force du hasard, de la possibilité des attirances et des processus irréversibles de transformation, c'est bien plus intéressant. Parfois, je me demande comment ce sera plus tard, comment la Nature va se démerder pour évoluer évoluer évoluer encore, comment sera mon allée dans 2000 ans... Parce que tout de même, il y a de sacrés changements qui sont en marche... Quand je vois les perruches des Afrikaaans qui viennent piailler dans nos campagnes, ça, il y a dix ans quand je suis née, tu ne le voyais pas. Mais moi je suis pour. Je suis une insulaire du Pays des Galles, prête à être traversée par des vents, des plantes, des des des conquistadors venant des quatre coins de l'univers ; je résisterai et je m'adapterai. Quand je serai grande, je serai punk. Et j'énucléerai toutes les Magriet Tatcher.

Quand j'arrive à l'étang, j'arrache tout mon vêtement. Au brûlant estival, j'offre ma peau. (C'est mon organe préféré. J'ai lu plein de trucs sur la peau dans l'*Anthologie Illustrée du Corps Humain* de Maman, Maman travaille en milieu médical.) J'adore observer ma peau quand je la soumets à différents facteurs. Elle est supra-réactive comme les antennes des escargots. Ici, au bord de l'étang et de l'été, je sens mes 2 000 000 de glandes sudoripares titillées par la torpeur thermique... Je sens leur présence particulière à la plante de mes pieds, aux paumes de mes mains, sur mon front, ma poitrine, mes aisselles. Elles s'échauffent et entament le sécrétion de ma sueur... Mon front perle, mes mains moitent, mes parties génitales et inter-fessières exacerbent leurs parfums coutumiers. Ah ça j'adore ! D'entre mes fesses, ce parfum me rassure. Ces fragrances poivrées agissent sur moi comme un cake de Proussst. J'adore savoir que, tout comme mon ombre, cette odeur m'accompagnera toute ma vie (eh oui Grand-Mère, à chacun ses grigris). Oui, j'ai besoin d'avoir des compagnons fidèles pour affronter la vie, des copains des fiables des perdurants des forever. Je sais que la mort rôde, toujours sur le point d'annuler des êtres en deux temps trois mouvements. Jusqu'à présent, j'ai été épargnée et c'est tant mieux parce que je crois que je ne suis pas prête à perdre qui que ce soit dans ma vie, sauf la Vieille. Mais bon, si les Jumeaux avaient pu ne pas naître, ça aurait été une bonne chose. Je l'avais prévenue, ma Mère, quand elle est tombée enceinte des deux, qu'elle devait s'acheter une IVG et foutre ses œufs au bac ; que dans une vie de femme, Maman, il y a d'autres choses bien plus excitantes à faire que de torcher le pettt à deux moutards qui se ressemblent comme deux flocons d'avoine, qu'elle y mette du lait et qu'elle les rebouffe, d'autres avant elle l'ont fait, Medeaaa, ils disent, une chouette ils disent dans les livres, et certains animaux le font aussi. Je te l'ai prise entre quatre yeux, ma Mère : « Tu te rends compte qu'en devant éduquer ces mouflets, tu vas à nouveau repasser par toutes les étapes casse-burnes de ta propre vie... Ré-apprendre à marcher, à se laver les dents, refaire des tables de multiplication, pleurer parce que tu t'es fait casser la gueule en récré... Tout ce qui est oublié et derrière toi va ressurgir dans ta vie, ressuscitant ta propre enfance, tes propres démons. » Je l'ai prévenue Maman... Et quid de sa liberté ? et qu'il faudra gérer sa vie de couple avec mon Père SANS moi, parce qu'il ne s'agira pas de compter sur moi pour babysitter cette paire de Gremlinz les saturdaynightfevers. Et que je ne sais pas si tu te rends compte ce que cela va nous coûter, des Jumeaux en forfait cricket, abonnement, achat des tenues et le gingerbeer à la buvette.

Mais ma Mère, cette conne. A craqué. Elle a fait une écho et a vu les deux larves d'un millimètre de diamètre, et c'était parti... Elle est rentrée en larmes à la maison, a dit à mon Père : « Ils te ressemblent tant. » Et comme elle pleurait, Papa a fait ses choux à la crème qu'elle ingurgite toujours dans ses moments de troubles émotifs, accompagnés d'un doigt de whisky mais là, comme elle était en cloque et qu'elle décidait à l'instant même de garder les larves, elle a pas pris le whisky mais a repris des petits choux par flopées. Et elle parlait, elle parlait, quant à Papa, toujours gentil et sentant le sucre, il écoutait, écoutait et rechargeait en choux. J'ai voulu intervenir, dire que ces têtards allaient foutre en l'air l'harmonie de notre maison, que nous allions devoir changer de voiture et peut-être même déménager et que ça, il n'en était PAS QUESTION, que j'avais déjà eu BEAUCOUP de mal à me créer un cercle relationnel et une vie sociale et que, maintenant, je ne bouge plus d'ici jusqu'à ma majorité sexuelle, et que s'il s'agissait de faire des enfants pour flatter leurs propres ego, qu'ils pouvaient très bien se contenter de moi, moi seule, qui en vaut dix.

Ma Mère me regarde, les yeux écarquillés. De la cream chantilly suinte un peu à la commissure de ses lèvres entrouvertes, comme un renard qui a la rage. Elle me regarde longuement. Elle a son regard de folle. Des larmes apparaissent presque à ses glandes lacrymales. Elle rote un bon coup. Un relent aigre et sucré plane. And she tells me : « Sweetie my Dear... Fuck you. » J'ai quitté la cuisine, fort vexée. Et c'est comme ça que l'histoire des Jumeaux s'est mise en route. On est bien in the big shit.

Comme c'était la première fois de sa vie que ma Mère me disait des mots aussi durs, elle s'est mise à culpabiliser, j'ai entendu le ton monter entre mon Père et ma Mère, puis les portes ont claqué et, comme d'habitude, Maman est allée vomir les petits choux et la cream chantilly à côté du pot du waterclosed. Papa s'est occupé de tout et Maman s'est mise à laver ses cheveux souillés de vomi tout gras dans l'évier de la cuisine et là, Papa a suggéré que la salle de bain serait plus appropriée et là, Maman a repleuré en disant à papa qu'il était la voix de la sagesse, qu'elle ne pourrait plus vivre sans lui et que les Jumeaux lui ressemblaient tant et qu'elle aimerait aller choisir des berceaux chez IKKKEA et que puisque maintenant nous étions une famille nombreuse, on allait même pouvoir souscrire à la carte IKKKEAFAMILY. Papa a répondu « oui » à tout sauf pour les cheveux souillés de vomi gras dans l'évier de sa cuisine.

Finalement, elle a rempli la baignoire d'eau bouillante et s'est assoupie dans le bain-mousse au magnolia. Du coup, il faisait beaucoup plus calme dans la maison. Moi je pensais à tous les liquides en gestation dans le ventre de ma Mère avec les deux larves dedans, tout ça plongé dans l'eau du bain, cela me faisait de drôles d'images d'aquariums géants, de pêche à la baleine et de bans de sacs plastique qui étouffent les baleines et je me dis qu'avec un bon vieux sac IKKKEAFAMILY, on pourrait discrètement étouffer sa Mère enceinte et faire d'une pierre trois coups - trois morts. Mais ma Mère, c'est pas comme ma Grand-Mère, la Mère de mon Père, la Femme de mon Grand-Père, ma Mère, je l'aime bien.

Maman est responsable en chef du service d'oncologie de l'Hôpital des Enfants de notre ville. Tu la verrais dans sa tenue blanche. Elle est hyper-belle ; c'est parfait, déjà elle remonte le moral des pères des petits cancéreux. Ils en ont bien besoin, il paraît. On dit, perdre un enfant, pour des parents, c'est comme vivre sans peau jusqu'à la fin de ta vie. Ma Mère fait tout ce qu'elle peut pour les sauver. Elle est très réputée pour, ma Mère, c'est la plus jeune oncologue en chef de tous les temps ; ils viennent des quatre coins de l'Ingland. Mais bon, parfois, elle en rate. Elle en perd des gosses. Ou ils s'en tirent avec un pied en moins, ou un œil en moins, ou moitié du cerveau exit. Le cancer du pied, ça c'est un sale cancer. Et ce qui est terrible, c'est que quand tu as un cancer de l'avant du pied, ils préfèrent te couper tout le pied. À cause des prothèses qui sont plus adaptées. Pas facile d'accrocher une petite prothèse rikiki au bout du pied. Au mollet ou à la cheville, oui. Oh je la trouve si belle la coureuse olympique qui a deux protubérances étonnantes au bout des pattes ! On dirait une créature de science-fiction, elle est superbe, elle file comme une gazelle mutante sur les pistes et je me demande comment cela se passe quand elle enlève ses prothèses ???? Comme l'albatros, si maladroit sur les ponts des bateaux. Peut-être son fiancé doit toujours la porter dans ses bras.

Bon, alors ma Mère, le soir, quand elle rentre de l'hôpital, mon Père et moi, on se prépare à tout. Soit tout va bien, alors elle est calme et on passe une soirée normale, soit elle annoncera : « J'ai perdu une main, un demi-foie, une oreille, un poumon » et là, elle sera moins calme. Et au pire du pire, elle annonce la mort d'un petit. Et là, Papa et moi, on sait ce que l'on a à faire. Parce qu'elle reviendra sombre, accrochera pour la énième fois l'avant de son Austiiin rouge en la rentrant dans le garage, pestera sur l'architecte qui l'a conçu trop étroit, le garage, et trop large, l'Austiiin, prendra une bouteille de whisky dans la cave à vins, rejoindra mon Père, lui dira le prénom du petit mort du jour. Et comme un grimpeur de l'Evereeeest, s'effondrera, foudroyée par l'éclair froid de la mort. Elle fait à chaque fois ça, ma Mère. C'est parce qu'elle est encore une jeune médecin et qu'elle ne gère pas encore bien la distance entre sa vie privée et le boulot. Alors mon Père lui refait le coup des petits choux et elle mange la cream et ses larmes en même temps. Moi, je me fais discrète et je mets au lit les Jumeaux sans manger bien fait pour eux. Je fais semblant de ranger ma chambre en pensant évasivement au petit mort du jour... Son âge ? Sa couleur préférée ? Qu'est-ce qu'on va faire de ses jouets ? C'est quoi qu'il a mangé en dernier ? Comment on habille un enfant macchabée ? Est-ce qu'un cercueil pour enfant est beaucoup moins cher qu'un cercueil pour adulte ? Je pense à tout ça, j'ai un peu peur que cela m'arrive aussi de mourir, alors je touche les objets de ma chambre, je pense à des trucs qui me rassurent... Grand-Père... Ma petite odeur inter-fessière.

Puis à un moment, j'entends ma Mère hausser le ton et cela signifie qu'elle est un peu saoule et qu'elle va se mettre à embrasser mon Père qui sent toujours le sucre et que, peut-être, ils iront jusqu'à faire l'amour dans la cuisine (surtout, surtout, je ne bronche pas, je lis *Archiiie The Robot* en mâchant nonchalamment des Bubbliciouuus). Et j'avoue, que quand ils en sont à cette étape-là, je suis soulagée... Même plus, va ! Cela m'éclate de les imaginer, mes Parents, se tirant les organes sur la table de la cuisine, entre la chantilly et les verres de whisky vides. Peut-être ils font des trucs spéciaux avec le sucre et la cream, ou même le whisky, s'enduisent, se lèchent, se touillent... ??? Réunissent petits choux et testibules... ??? Qu'elle soit faciale ou pas, l'éjaculation doit être un bon moment de l'existence pour mon Père ; une bonne éjac (ils le disent dans l'*Anthologie du Corps* de ma Mère), c'est 5 giclées chronométrées à 18 km/h et espacées de 0,8 seconde, et les jours fastes, le liquide est éjecté jusqu'à 60 cm !!! Alors, si à chaque éjac, mon Père asperge ma Mère de +/- 3 ml de sperme, cela veut dire que s'ils font l'amour pendant 40 ans à raison de 4450 coïts, c'est une moyenne hein, il transvasera de ses bouilles une quantité totale de 13 litres de sperme dans ma Mère. Oh là là, tous ces cubages...

J'y pense sans arrêt quand je suis au rayon pro-
duits laitiers de notre supermarché. Toutes ces
briques, ces bouteilles, ces conditionnements. Le
lait, le sperme, la cream, la mousse à raser, under
the milky way, les... Et mes Parents qui simonisent
d'amour le plan de travail, le frigo, l'évier. Alors,
j'en viens à la masturbation enfantine, c'est plus
fort que moi et, comme 23% de mes congénères de
moins de 12 ans, je m'onanise.

Et, plus tard, quand toute la maisonnée a bien
réagi, il y a toujours une baisse de régime : Maman
s'étant trop trémoussée du corps ira re-vomir la
cream à côté du pot, Papa se ré-occupera de tout
et elle re-plongera ses cheveux gras dans un autre
bain magnolia. Et c'est autour d'un bon vieux docu
animalier sur BBC One que nous terminerons la
night, affalés dans les sofas, Maman s'agrippant à
moi et murmurant de son haleine de chien mort :
« My Baby... Sweetie, my so lovely Baby. »

Au final, ces soirées « petit mort du jour », elles
sont géniales. Je me demande si, quand je serai
grande et que je ferai l'amour avec quelqu'un.e, si je
penserai encore à ces soirées-là, aux petits choux,
à la cream, à mes Parents dans l'évier et aux autres
parents enterrant leurs petits macchabées.

Oh Sweetie !!!! Tu penses tant de choses quand
tu es nue au bord de l'étang ! Cela doit être à
cause de l'astre dardant ses rais sur ta peau. Et
je ne crains pas le regard du quidam, il ne vient

jamais personne, à part Grand-Père et moi. Autrefois, on dit, beaucoup de dames du grand monde venaient au bord de l'étang ; on dit, certaines s'y seraient même suicidées, des connes, en murmurant des « My Prince, My Prince... » On voit leurs portraits à la Supra-National Gallery, des Ladies aux longues crinières claires, prenant des connes poses de Muses connes de poètes cons.

Je regarde l'eau verte de l'étang... Une espèce de dense soupe aux pois. Je repère les lentilles d'eau. Je les ébouriffe. Elles sont cools. Je vais demander à Grand-Père, qu'après mon cadeau du cheval de mes 12 ans, je puisse recevoir une plongée sous-marine avec de vraies bonbonnes. Il suffirait de louer des lampes torches spéciales « fonds marins » qui transperceraient l'eau verte et ses algues. Je rêve de rencontrer les cadavres des suicidées... Peut-être des animaux uniques vivent dans cet étang. Peut-être des octopussies géantes de toutes les couleurs. J'adorerais que Grand-Père plonge avec moi. On dit que les plongeurs ont un langage qui n'appartient qu'à eux. Ils font des trucs avec leurs doigts pour dialoguer. Alors avec Grand-Père, nous ferions plein de signes avec les mains, les phalanges, que nous finirions par entrer dans nos oreilles et ça nous ferait marrer comme des homards. Et alors, je pourrais faire semblant que j'ai un malaise et lui, ferait le secouriste et il me ferait des tas de gestes spécifiques, du massage cardiaque, du bouche-à-bouche, et mon corps serait une matière molle, je le donnerais tout entier à la force du sien, de corps, me tractant vers les rives, mon corps, ce serait délicieux, j'aurais des algues dans les yeux et l'extrême pâleur soudaine de mon visage l'émouvrait comme un tableau de Vermeeeer, il me couvrirait de mots de soie : « No Sweetie, ne meurs pas, sans vous, je ne suis que nothing, stay by my side. »

Sur la BBC Two, des plongeurs ont raconté qu'il y avait une vie AVANT la plongée et une autre APRÈS ta première descente. Que toute la nature en bas dans l'eau est si belle, comme à la télé quand tu la vois, mais qu'une fois que tu es réellement dans l'image, tu pleures de la majesté de tout ça. On dit que là en bas, sous ton masque, tu entends très fort tous les sons de ton organisme, que même, percevoir ta respiration de façon si intense peut te faire vaciller la tête, ta respi t'apparaît comme le précieux fruit d'un appareillage ancestral, le reliquat supra-essentiel du premier être sur terre, alors tu penses au vertige de l'existence, à la fin des haricots et tu tombes dans les pommes sous l'eau.

J'aimerais vivre tout ça avec Grand-Père. Quelque chose que la Vieille ne pourra jamais avec ses 150 kilos de grasse, elle sombrerait comme une vieille stèle mortuaire au fond du fond de l'étang et à moins de la remonter avec une grue, on n'en pourrait mais. Quand j'aurai reçu le cheval, je la demanderai, la plongée.

Oh Sweetie, Sweetie, que de choses happy happy à faire encore encore ! Je suis tout de même contente qu'ils ne m'aient pas tuée à coup de la IVG. Que je puisse vivre tout ça ! Bon maintenant, Cocotte, je file dans l'eau car le soleil est en train d'exploser mon capital grains de beauté et je vais finir par ressembler aux *1001 Dalmatiens*... Ouhhh, c'est que l'eau est fraîche... S'agirait pas de s'hydrocuter par un si bel après-midi. Puis j'ai envie de retourner voir le living-room et ses invités de Holy Maria. Voir la gueule déclassée de la Grand-Mère ahahahah. Planter mes yeux dans ceux de Grand-Père et lui faire sentir mes fulgurances pour. Nouer nos yeux et ne plus pouvoir se décoller. Voir le sourire, l'éternel beau sourire qu'il m'adresse depuis les cristaux de ses pupilles.

I love thee Grand-Father, I love thee...
Et owww, j'en pisse, Grand-Père,
J'en pisse dans l'eau verte.
Mini-prépuce éructe miction et météorites dorées
Frôlent mes cuisseaux.
Je suis un canard nageant.
Un lapin en gelée green.
Un marcassin baignant dans son jus.
Je suis ta Petite-Fille, Grand-Dad,
Ta Petite-Fille amoureuse de toi.
Et je te le dis, te l'envoie, à coups de brasses et de crawl dans l'étang, flotch et flatch, au rythme d'un solo aquatique : *Déclaration de la Love in the étang*.

« Bipbipbip »
fait inlassablement un appareil

Oui, cela doit être la nuit

Peut-être quelqu'un, Maman ou Papa, s'est-il couché près de moi dans un lit d'appoint ?

Quelqu'un qui veille
sur mon sommeil

Il me semble entendre des froissements de draps

Avoir quelqu'un qui veille sur ton sommeil, c'est précieux, ça

Écrire, écrire :

Arpenter arpenter arpenter l'allée à rebrousse-poil, courir trempée comme un tee-shirt mouillé, glisser, déraper, chuter, être couverte de verdure, haleter, roter, rire, baver un peu. Et... Apercevoir l'Austiiin trop rouge de Maman. Qui n'a rien à foutre à cette heure du jour parmi les jeeps des gros fermiers de la Holy Maria. Pour ma pomme, ça sent méchamment le diable brûlé.

Maman et la Vieille sont sur le perron. Mummy a la tête baissée, comme une enfant en flagrant délit de goinfrage de tout l'pot d'jelly, et la Vieille, tout en dodelinant sèchement sa vieille tête de Vieille, pérore et vocifère quelque chose que je n'entends pas mais qui, à vue de nez, ressemble à du char-don. Pour ma pomme, ça sent méga-méchamment le diable brûlé et tout l'enfer avec.

Maman et la Vieille se rendent compte de ma présence. La Vieille stoppe net son vomi d'épines. Sans kiss, sans hello, Maman me cingle : « Pick up your bag, Sweetie, and get into the auto. » Je réponds, saumonée : « Of course, Mummy. » Et l'Austiiin de Maman démarre en trombe (vers notre home, j'imagine). Et là, commence tornade en haute mer, Maman hurle : « Espèce de petite sotte, qu'est-ce que tu me fous, Sweetie, qu'est-ce que t'as foutu, pourquoi te comportes-tu comme une dog des rues ??? (C'est la première fois qu'elle me dit cela.) Tu sais pertinemment bien que ma relation avec ta Grand-Mère est déjà très acide, pourquoi jettes-tu du white spirit sur le feu ? Et qu'est-ce que c'est que cette histoire que tu dors avec ton Grand-Père maintenant ? Qu'est-ce qu'il te fait ? Qu'est-ce que tu lui as fait hein ? Et ce sang, ce sang sur ta robe de nuit, qu'est-ce que c'est, hein ? Est-ce qu'il t'a touchée ? Où a-t-il mis ses mains ? Hein hein hein ? Et qu'as-tu fait pour le provoquer ? Oh je suis convaincue que c'est toi qui l'a attisé, oh oui, toi et ton petit caractère d'anguille fumée, qui séduit, provoque, allume, Fille de putain (Maman ajoute : Mais non, qu'est-ce que je raconte !!!!), Fille du diable oui, voilà, c'est ça, Fille du diable, sorcière, sorcière, sorcière, tu transformes l'eau bénite en pus, le fish & chips en purin, la peau du nourrisson en lèpre, et moi et moi et moi, pour qui je passe aux yeux de ta Grand-Mère, moi, moi, moi, la Fille de la ville qui aurait prétendument débauché son Fils de ferme, qui aurait brisé l'esprit du clan fermier, moi, moi, moi, je passe... Eh bien oui, eh bien oui, eh bien oui (Maman répète souvent tout trois fois)... Je passe pour une putain, une Fille de putain, une Mère de putain, une future Grand-Mère de putain, pour une whore plus whore que toutes les whores. Et bitch et bitch et bitch. Et de ta faute, petit putois, Sweetie, tout petit putois. »

J'essaye de rassurer ma Maman et de lui susurrer que : « Oui, je sais, l'inceste de famille existe bel et bien et concerne plus de victimes dans nos régions qu'on ne le pense mais entre Grand-Père et moi, il ne s'agit nullement de cela, notre amour est banalement celui d'une Petite-Fille et de son

Grand-Père et que s'il me tient dans ses bras durant la nuit, c'est avec chaleur bienveillante et force de vie d'un chêne, rien de plus rien de moins, d'un chêne, d'un chêne, d'un chêne. Et moi, je lui donne ma chlorophylle, mon fluide primesautier de jeune pousse... Amour absolu, sans turgescence, je te jure, Maman. »

Mais Maman n'entend rien et lâche son monologue de hyène et maintenant, elle cogne très nerveusement son volant du gras de sa paume, rouge cuir lui aussi le volant, ponctuant son discours de coups mats et stressants... Mille images d'Austiiin écarlate trop écrabouillée contre un stop signal me traversent, je nous vois déchiquetées sur la rambarde. Et Maman gueule et regueule (elle est comme ça ma Mère, elle peut monter en vrille et si Daddy is not here pour la calmer, she makes a big delirium) : « Et ce sang, ce sang, ce sang sur ta robe blanche ? Ce sang, ce sang, qu'est-ce que ce sang ??? »

Et comme je sang, je sens, je cent que je DOIS trouver ABSOLUMENT un moyen de la calmer, j'émets le mot magique, du tout petit bout de mes toutes petites lèvres d'agnelle immaculée : « MENSTRUES ». Et là, la partie du cerveau de Maman régulant sa fonction de médecin entend mon mot magique et net, l'Austiiin freine à mac. Elle se retourne vers moi, son regard de folle mute en regard de femme médecin, puis en regard de femme tout court, puis en regard de Maman puis direct, une larmichette toute petite tear apparaît à sa glande lacrymale droite (puisque le chauffeur est à droite in Ingland)... Bingo. Nous sommes sauvées.

Maman me dévisage tout hébétée, sa paume a arrêté de cogner le volant et c'est très suavement qu'elle verse des : « Oh Sweetie, my so tiny Baby. Oh no Sweetie, tu tu tu you you you. Oh... Are you ? Te voilà déjà régulée ? (j'acquiesce d'un timide coup de tête de brebis, le rouge de honte me vient maintenant aux joues tant mon mensonge provoque chez ma petite Mummy une tendresse pour moi que je ne lui ai jamais connue ; elle se fait dentelle, papier de soie, sparadrap, peau de fœtus. Faut pas que je me laisse impressionner par tant d'émotion vraie. Allez, Sweetie, tous les conquérants d'un royaume, tous les monarques doivent feinter à un moment de leur carrière... Go !)

– Owwwwwww, mais mais mais, Sweetie, tu es si jeune, my blueberry baby, 10 années à peine, et te voilà déjà une petite femme.
– Yeeeees Mummy. But je suis pas la première de la classe, you know. Barbara she is. Nancy she is. Laura she is. Davina she is. And Angie too.
– But you are so young, my little chat...
– Yeeeees. But Mummy, you know, avec toutes ces hormones qu'ils nous mettent dans le jambon blanc et aussi le roastbeef you know, tous les systèmes endocriniens des petites filles sont perturbés à l'heure actuelle.

At school, Jennifer elle a que 8 ans et déjà
un soutien-gorge. Et ça, c'est les hormones
de l'agro-alimentaire, la directrice l'a dit.
- Owww, you're right Darling, fucking mercantil
society that dares to fuck off nos petites filles !
- Yeeeees Mum... What a strange world...
Ouïïïïïch (fais-je en tenant mon bas-ventre).
- Oh ma Chérie, tu as mal ? (je hoche la tête avec
une face de martyre genre San Sebastiano) Oh,
mais j'y pense, ce sang, il te faut des protections
protections protections ! Des serviettes, des des
des. Viens, on va te trouver cela, je t'emmène !

Maman m'installe exceptionnellement sur le
siège passager à côté d'elle (c'est-à-dire à gauche
hein, c'est l'Ingland), elle pose une main douce sur
mon bas-ventre et son Austiiin branle et prend la
direction de l'Hôpital des Enfants : « Les shops sont
fermés mais tout est prévu pour les petites filles
qui ont leurs règles à l'hôpital. »

Mummy nous dirige vers les sous-sols du bloc
oncologie où elle est la cheffe. Nous rencontrons
des tas de visages, soit d'enfants sans cheveux,
soit de personnel hospitalier sous coiffes ou sous
masques. Ils saluent - ou pas - Maman, ils sourient
- ou pas - à Maman. Je traverse ce cortège de faces
étranges la peur au ventre, me disant que mon
mensonge risque d'être plus difficile à gérer que
je ne le pensais... L'air des couloirs semble matiéré,
presque opaque, rempli de corpuscules miniatures

microbeux. Je me sens attraper toutes les maladies infantiles et la tuberculose en sus. L'air de mon allée me manque. Les couloirs de l'hôpital sont tortueux, autant que le ring d'une ville gigantesque (Sao Paulooo/Braaazil, for example). Et c'est à l'issue d'une course qui me semble totally crazy que nous arrivons dans un petit cabinet où une jolie frimousse de black en sourire nous accueille dans un Britch volubile. Salutations respectueuses à ma Mère, guiliguilis à la fillette, Mum lui exposant mon cas la larme à l'œil. Moi, de rougir. Lui (Bully Moore, qu'on l'appelle) de m'envelopper d'autres guiliguilis compatissants et rassurants. Maman de s'excuser, d'un appel urgent, de s'en aller and disappears. Moi, de rester seule avec le Bully Moore black. Lui de m'emmener dans ses sourires, de me dire que « Tout ça n'est pas grave et qu'il faut cueillir les fruits de la vie - rouges à point ou pas - et en extraire le nectar plutôt que la compote. »

Je sens bien que le discours imagé du black veut parler de mes (fausses) ragnagnas donc je fais des sourires d'agneau que je suis et acquiescements de la crinière. Alors le Bully m'ouvre des écrins aux coloris... Owwwwww !!! Phosphorescents ! Et dedans... Owwwwww !!! De jolies serviettes hygiéniques (je sais ce que c'est, j'ai vu celles de Maman dans l'armoire de la bathroom) mais aux formes riantes d'animaux, imprimées de détails figuratifs, des yeux, des vibrisses, des oreilles, des langues rosâtres, des pupilles enjouées... Autant de détails frétillants censés faire passer la pilule aux petites filles cancéreuses qui en ont déjà gros sur la potato et qui en plus se tapent leurs règles dans leurs lits blancs, devenus tabliers de bouchers pour l'occasion.

Et le Moore ouvre un autre écrin (décidément, ce cabinet commence à ressembler à un vrai « cabinet de curiosités »). Et hop ! des sparadraps de toutes les couleurs apparaissent ! Le black de s'excuser, dire qu'il s'est trompé d'écrin et de pousser des gloussements de drag queen. Ouvre autre écrin et apparaissent, cette fois, de petits obus, gros suppositoires, des tampons hygiéniques (ça aussi j'ai déjà vu dans la bathroom) avec bouts arrondis et applicateurs - ou pas - aux couleurs acidulées... « Colorants naturels, dit le black, biodégradables, hypo-allergéniques, ultra-souples, s'adaptant à tous formats de vagina. » L'annonce DU MOT me fait rosir, Bully le note et m'offre un marshmallow (presque la même couleur que les tampons) me propose un tabouret en plastique translucide et me dit : « Nous avons le temps, Honey, choisis ce qui te convient à l'aise. »

Je n'ai de cesse de mâchonner ce marshmallow, histoire d'étirer les minutes et de cogiter intensément (Bully met une musique cool, genre générique de la série *The Lllove Boat*). Ok. Donc Sweetie, voilà, va falloir feinter TOUS LES MOIS, prétendre que tu saignes TOUS LES MOIS, faire semblant d'avoir des syndromes prémenstruels et des maux au belly TOUS LES MOIS, et surtout,

surtout, TOUS LES MOIS TOUS LES MOIS, trouver du sang frais à badigeonner négligemment tes shorties en cotton. Bullshit, ce sang, ce sang, où vais-je le trouver ??? Acheter du roastbeef frais ? Saigner un des jumeaux grrrrrrr ? Me mordre les lèvres ???? Trouver une aquarelle écarlate ou un rouge à lèvres de Maman... Owwwwwww... What the hell ! Ça m'énerve, la perspective de cette nouvelle obligation mensuelle m'irrite profondément. Et il est trop tard pour tout avouer à Mum. Son émotion et sa tendresse étaient si belles. Je ne peux pas la décevoir. Mais combien de temps ce mensonge devra-t-il durer ? Un an. Deux ans. Trois années. Quatre années... Centuries... Shit. Big shit.

Je sens l'insouciance de ma jeunesse partir en vinaigre et traînées rouges. Bully jette un œil sur moi, l'air de ne pas y toucher, remarque mon désarroi, me propose un autre marshmallow et me susurre : « We have time, Darling. » Mais non c'est que non, mon pauv' blackouzzz du fin fond d'un couloir des entrailles d'un hôpital de merde pour jeunes mourants... Nous n'avons PAS le temps, c'est dès aujourd'hui que je dois affûter mon mensonge et mes armes rouges... (un long laps passe). Et je dis de mon organe de chèvre : « I would like, Dear Bully, a little mix of everything », en désignant serviettes et tampons. He answers : « Of course, Mam'zelle, I prepare that for you. » Bully me fourre un peu de tout dans un joli papier de soie rose phosphorescent (discret le mec !). « Thankiou so much, BullyBully. »

Et je me rassois sur le tabouret maussade de plastique translucide dans le vague le regard (Bully a certainement oublié de désactionner le bouton repeat de sa sono car c'est déjà la septième fois qu'on se tape *The Lllove Boat*). Maman débarque comme une bombe comm' d'hab', s'excuse de son absence, me couvre de baisers et de caresses, remercie infiniment Bully et nous nous engouffrons à nouveau dans les couloirs tortueux de l'hôpital.

Cette fois, Maman prend un autre chemin en faisant des crochets de-ci de-là pour saluer ses collègues. Ronds de jambes et sourires d'agneau, je fais. Soudain, au service d'hématologie, Maman entre en conversation plus prolongée avec Mrs Osborne, infirmière du service. Les petits malades promenés en chaise roulante n'ont vraiment pas l'air dans leur assiette et leur teint de foie de génisse avarié me glace d'effroi. Un petit gars à l'arrêt dans le couloir me regarde. Il doit avoir mon âge... Difficile à dire car il n'a ni cheveux, ni sourcils et sa carnation est toute grise ; on dirait qu'il est déjà très âgé, sa petite bouche semble toute fripée comme celle de la Vieille. Ses joues sont complètement creusées et décharnées comme les enfants affamés d'Afrikaaa. Ses yeux vert émeraude me regardent fixement. Je suis tétanisée, agrippée à la main pulpeuse de Maman et cachée derrière mon papier de soie rose phosphorescent. Et ce garçon me regarde me regarde. Que me veut-il ? Me montrer quelque chose ? Combien j'ai de la chance d'être debout sur mes guiboles ? Combien bientôt il sera mort ?

Je me sens me désintégrer et fondre en flaque triste. Mais voilà qu'il se met à parler à l'infirmière qui le promène (ah quand même, il peut encore parler !), elle semble acquiescer et se met à pousser la petite chaise roulante dans notre direction. Et là, ce n'est même plus flaque que je me sens, c'est « flaque disparaissant dans le sol » que je suis, effarée par la mort en personne qui se dirige vers moi, au secours. Le petit garçon a tous les visages des pires monstres que j'ai vus dans ma vie. Et je suis certaine que sa maladie va me sauter à la gorge comme un alien surgissant du ventre de Sigour-neyyy Weaver. À leur approche, Maman et Mrs Osborne se tournent vers eux et les accueillent avec chaleur. Le petit garçon donne de la voix (ça va elle est pas trop d'outre-tombe) et dit qu'il « aimerait un des bonbons de mon papier rose phosphores-cent. » Maman éclate de rire et explique à Johnny que : « Ce ne sont pas des bonbons, Johnny (son prénom donc), que ce sont... » (et là, j'ai un sursaut de pudeur, je n'ai pas DU TOUT envie que Maman dévoile à cet illustre inconnu, même presque mort, je n'ai pas du tout envie qu'elle lui dévoile mon inti-mité, qu'elle soit vraie ou pas, la conne ma Mère). Mais c'est que j'oubliais que ma Maman a tout de même beaucoup de tact, d'Englande class, de psy-chology, a étudié pour et donc enchaîne à Johnny un : « Pas des bonbons, Johnny... Des sparadraps.

Ce sont des sparadraps. » Johnny tire un peu la gueule, qu'il n'a déjà pas belle pourtant, racle le sol de son regard d'émeraude et là, je ne sais pas pourquoi je dis, mais pourquoi je dis ça, nom d'un ragondin, je lui dis : « Je t'en apporterai un autre jour, des bonbons, je m'appelle Sweetie. » La face de Johnny fait un triple salto et sa joie soudaine colore légèrement ses joues de rose (ou alors, c'est mon papier de soie phosphorescent qui se reflète dans son teint de momie, je ne sais).

« Sweetie, very good proposition, renchérit Mummy qui semble à nouveau avoir la larme à l'œil, Sweetie t'apportera des bonbons et viendra jouer avec toi un de ces jours, Johnny ! » Et le Johnny sourit de toutes ses dents, et ça va, elles sont pas trop pourries comme doit l'être l'intérieur de son corps en train de.

Mais nom d'un fock ! Pourquoi lui ai-je dit cela ! Je suis complètement baba ! Me retaper la face de macchabée-presque de Johnny. Et pourquoi Maman en rajoute une louche : jouer avec lui !!!! C'est qu'on ne pourra jouer à rien avec ce cadavre, même pas au renard qui passe, encore moins à chaise musicale, ni à 1, 2, 3 sunshine. Ce qui reste de ce garçonnet ne peut jouer qu'à mikkkado ou valet très noir ou pire... au scccrabble junior ! Bref l'ennui total. Sweetie, Sweetie !

De retour à la maison, c'est l'ambiance. Les Jumeaux sont en suuuuuper forme. Papa sifflote en cuisinant. Les hamsters n'arrêtent pas de galoper dans leur cage (une parade amoureuse ?). Et Maman est sémillante et extrêmement attentive à ma petite personne. Il n'y a que moi qui ronge du noir et se demande où trouver du sang frais. Je regarde chacun des protagonistes cités plus haut et me demande QUI saigner ? Pas de roastbeef dans le fridge... Pas de poisson rouge dans un bocal... Y a-t-il du sang rouge dans un poisson rouge d'ailleurs ? Tant de questions qui tenaillent ma décennie. Aussi, après avoir jaugé longuement les hamsters sous toutes leurs coutures, je conclus que le plus simple serait de ré-entailler mon propre genou. Replonger un petit objet contondant dans ma plaie à peine refermée de ce matin... Oh, d'ailleurs, mon pauv' Grand-Père... Séparés ce jour sans même un baiser d'adieu ! Et que je ne vais pas revoir de si tôt car nous partons en vacances demain. Grand-Dad chéri. Tu me manques déjà... Je t'abandonne, seul face à cette puste de Nature du Pays des Galles dont les grandes claques venteuses et humides n'épar-gnent personne... Ma vie est si différente avec toi à la ferme, qu'ici dans la banlieue de la grande ville, entre buses, zones semi-industrielles, Engliche gardens so cute.

Alors, le soir, quand les Jumeaux sont dans leur couchage, je me fends le genou au cutter de mes bricolages manuels, c'est une douleur gérable mais aiguë, et je badigeonne une des serviettes hygiéniques du Bully black que je laisse traîner négligeamment sur le rebord de la baignoire.

Ma petite Maman tombera dessus, n'y verra que du feu, reversera une petite lacrymale et ira se coucher en ruminant un bon gros blues de « Oh my God, ma petite fille est une femme et je vieillis ».

Je me calfeutre dans ma chambre, maussade, l'envie de m'allumer une clope (t'es dingue, t'as 10 années Sweetie, tu vas pas commencer avec ça !), alors, je joue à mes vices que j'aime bien. Dans le plancher de ma chambre de notre vieille maison, il y a une mini-trappe qui donne directement sur le living-room où mes Parents passent leurs soirées autour de livres, de musiques, de films... J'adore m'endormir en espionnant leurs soft discussions, parfois très intimes, parfois enflammées, parfois quasi silencieuses. Leurs voix me rassurent, c'est le doux moteur de leur relation qui ronronne comme un matou castré. Je suis heureuse d'avoir des Parents qui s'entendent bien. Et ce soir, évidemment, j'entends Maman qui relate à Papa l'épisode de mes règles et qui insiste sur « ma gentillesse à l'égard de ce petit Johnny qui est en phase quasi terminale et vraiment pas beau à voir, mais Sweetie s'est montrée tellement généreuse avec lui en lui proposant même de venir lui apporter des bonbons... Je pense que Sweetie tient de moi et fera une carrière dédiée aux soins des autres, une carrière médicale, regarde, elle était à nouveau plongée dans mon *Anthologie du Corps Humain* ce soir. » (Ben oui, je potassais les pages sur les menstrues évidemment !) Et maman ajoute : « Je propose de l'encourager dans cette voie et d'aiguiser sa curiosité pour le monde médical. Je projette de l'emmener de temps en temps à l'hôpital avec moi, qu'elle se familiarise avec sa future profession. »

Que de quiproquos. Voilà comment le destin d'une vie pourrait prendre le mauvais tournant. Moi, je ne rêve que d'une chose : qu'elle meure, la Vieille, et que je fasse fermière non-stop avec Grand-Père.

Rooooh

Ici dans l'écrit, j'aimerais faire entendre à mon lecteur des accords de guitare

Oui, des accords pulsés par les doigts d'un Paco de La Lucia

Et j'aimerais qu'il puisse sentir des parfums de jasmin
Oui, ce serait bien, ça
Des parfums s'échappant d'un livre

Des sons
Des parfums
Des sons

Et aussi des claquements de talon d'un danseur
de flamenco martelant un plancher de bois
Roooh, j'entends tout ça

Et que :

Lendemain, tonique matin. C'est qu'aujourd'hui,
nous prenons l'avion, Maman, Papa et moi, pas les
Jumeaux, « C'est mauvais pour leurs jeunes tympans », dit Maman. C'est la première fois que je
prends l'avion et j'aime déjà très fort les ingénieurs
qui ont inventé ces tonnes de ferraille capables de
m'emmener pourfendre le ciel. En un peu moins
de trois heures, nous serons propulsés dans un
pays que je ne connais pas, une région du monde
que je ne connais pas, une langue que je ne connais
pas et dans plein de trucs que je ne connais pas !
Mes Parents ont choisi comme destination La
Spagna et sa région d'Andalousya. « Oui Sweetie,
c'est important que tu visites un pays latin, qui
n'a rien à voir avec l'Ingland, que tu sortes de tes
schémas d'Anglophone, que tu éprouves un autre
climat, en l'occurrence, genre tropical puisqu'il
s'agit de La Spagna la plus proche de l'Afrikaaa. »

Maman a très souvent des attitudes volontaristes à l'égard de mon éducation. Qu'elle ne s'étonne pas qu'un jour je devienne VRAIMENT rebelle et même punk et que j'énucle VRAIMENT toutes les Magriet Tatcher...

À dire le vrai, je redoute un peu de ne pas aimer La Spagna et ses mets si lointains de mon fish & chips. Beurk, manger des poissons bizarroïdes avec tentacules, noyés dans un riz jaune pisse. Pour me donner du cœur aux vacances, mes Parents ont accepté que mon Cousin vienne avec nous. Et en échange, sa Mère, la pauvre, garde les Jumeaux. Mon Cousin, je l'adore. Il a souvent de très bonnes idées pour faire des choses salopes et à son contact, je deviens électrique et très très très guerrière, je sens un feu monter en moi, l'enfer. Lui est d'ailleurs très très roux, avec encore plus de taches de rousseur que moi, le diable personnifié, et sa peau est tout simplement texture de lait... Je pourrais la boire, sa peau, planter ma paille dans sa poitrine et aspirer toute sa lactée. Souvent, on se dit que tous les deux, nous allons partir, dire goodbye à nos Parents et foutre le camp dans un autre monde. Notre truc, c'est de nous faire capturer par des extraterrestres et d'aller vivre sur une autre planète. Ce serait hyper-excitant. En tout cas, mieux que La Spagna... Ma pauv'Mère en rade d'imagination la tarte. Aaaaaaaah plonger nos neurones aux états stagnants, aux interconnections pauvrement humaines, nos prisons culturelles dont nous ne pouvons nous échapper, les plonger en contact des extraterrestres... Woooooow !!! Oublier un instant nos langues nationales, dites maternelles. Tout redécouvrir. Tout régénérer. Tout réapprendre... Avec mon Cousin, on a de grands projets interplanétaires et faire l'amour aussi. Mummy nous a surpris une fois. On avait nos bouches aux mauvais endroits, a-t-elle dit. J'ai rétorqué à Mummy qu'il n'y avait dans mon corps aucun « endroit mauvais » ni chez mon Cousin d'ailleurs, et qu'il était de mon devoir de vérifier méthodiquement les soi-disant vérités énoncées dans son *Anthologie du Corps Humain Illustrée*. Elle était un peu interloquée mais a trouvé ma démarche indubitablement scientifique. N'empêche, maintenant qu'elle croit que j'ai mes règles, peut-être je ne vais plus pouvoir dormir avec lui.

Bon, je passe nos extases de gamins découvrant les sensations stomacales dues aux décollage, trous d'air et autres saute-moutons aériens, je passe les repas infects servis dans des écuelles pour minichiens et je passe le vomi de Francky doucettement rosâtre sur le passager à ses côtés... Bref, nous arrivons à Malagaaa, barbouillés et défraîchis mais - Ô splendeur - la surprise qui m'attend à la descente d'avion est incommensurable, à moi qui n'ai jamais humé que l'air de ma terre natale, celui de la campagne humide aux herbes grasses, celui des pluies de grenouilles, celui de la ferme avec ses fumets

de macérations et celui de la grande ville où riva-
lisent fumées de pots d'échappement et déjections
dans le grand fleuve... à la descente d'avion, je suis
cueillie par un groupuscule de parfums neufs, qui
font frémir mes narines, novsensations, chacun de
mes pores enfle d'ébahissement et mon plaisir est
si grand que je pourrais défaillir contre ce nouveau mot que je viens d'apprendre : tarmac. Mais
si mon extase olfactive est grande, la douleur de la
morsure du soleil, comparable à celle d'un requin
de *Jawwws XIII*, me fend les épaules ! L'air est tor-
ride et brûle mes poumons, comme un nourrisson
à jeun à qui on ferait fumer les Benson & Hedges
fortes de Grand-Père. Et Maman, comme si mon
quota de perceptions sensorielles n'était pas au
taquet, Maman nous asperge, Francky et moi, à
coups de spray solaire « écran totalement total »
laissant filer sur nos peaux de jeunes Englais une
pâte dont les qualités blanchâtres et visqueuses
ne manqueraient de se rappeler à ma mémoire
à chaque éjaculation faciale reçue dans ma vie
d'adulte future. Je compris, alors, que mon séjour
à La Spagna serait déterminant, que je risquais de
vivre ici pas mal de trucs de ouf qui ouvriraient
mon jeune être à une nouvelle appréhension de
l'existence et que la vie, ma vie, enfin, la vie je veux
dire, et celle de tout être humain en général je veux
dire, ressemble à peu près à à à à à un gâteau « mille-
feuilles » fait de couches, de strates, d'un peu de
crème, etc. Voilà. Dans les trois minutes au sortir

de l'avion, je compris que mon existence serait un mille-feuilles. Bon, là, à 10 ans, je suis encore un jeune mille-feuilles, disons un 89-feuilles, avec son Pap, sa Mumm' et Cousin Francky. Mais dans quelques années, eux, peut-être ils ne seront plus là, mon réel sera alors transformé et mon mille-feuilles avec... Alors, vais-je supporter toutes ces transformations ? Si Maman n'est plus là ? Ou Grand-Père ? (La Vieille oui, c'est sûr.) Peut-être la mort subite d'un Jumeau ???? Ah. Qui sait ??? Je refuse Dieu, c'est sûr, je refuse de croire à ces schémas sclérosés que nous proposent les religions, espèces de prêt-à-penser, « IKKKEA-philosophique » pour des gens en manque d'imagination... Mais nom d'un renard, comment les gens peuvent-ils croire aux anges, aux bonnes Vierges fécondées par des apparitions évanescentes comment comment comment peuvent-ils gober que s'ils sont gentils sur terre, ils iront au Paradis, ou que s'ils se font exploser le bide, ils auront une kyrielle de pucelles à leurs baskets ??? Toute cette crédulité m'époustoufle. Moi, je crois à l'odeur du vent. À la gifle du spray solaire de Maman. Et à ce palmier ondulant que je vois en vrai pour la première fois de ma vie de mille-feuilles. Et et et je serai rebelle et j'enucléerai VRAIMENT toutes les Magriet Tatcher.

N'empêche, que je parle de La Spagna... Ici, c'est zarbi, toutes les filles de mon âge ont une peau couleur d'angus beef bien brûlé, elles baragouinent

un charabia magnifique, tressé de moult « o » et
« a », ça sonne comme une chouette musique
brutale quand elles parlent toutes ensemble, haus-
sant la voix à l'aigu... Tout ceci avec une vélocité
incroyable, comme si leurs appareils phonétiques
n'étaient pas construits comme les nôtres, et tout
en triturant de leurs incisives des graines, oui des
graines, des graines de tournesol, des « pipas », et
leurs grands rires francs sont libres comme l'albatros en vol, ils ébranlent ma timidité d'Inglish
girl un peu timorée et blanchâtre, il faut que je
l'avoue, mais ces Spagnolas sont tant expansives,
à la mesure de leur joie d'être en vie, elles déam-
bulent dans des jardins parsemés « d'oiseaux de
paradis », des fleurs dingues, en forme de bec de
volatile, suintant une sève qui ressemble à de la glu
et orangées orangées orangées et dans ces jardins,
il y a aussi des palmiers surgissant hors du sol, des
lauriers roses odorants et de mirifiques fleurs de
jasmin tant délicates, exhalant torpeurs à la fin du
jour à te faire tomber d'amour même d'un gros
gars dégueulasse.

Les papys Spagnolos, eux, se parfument d'eau
de Kologne classique, on les repère facilement, ils
ont la raie sur le côté dans leurs crinières grises,
ils portent des chemises blanches en nylon, ils
fument des cigarettes fortes « Ducados », ils boivent
des cafés forts et des alcools forts, ils parlent fort,
ils rient fort et trempent fort dans leurs cafés des

tranches de pain fortement frottées de pulpe de tomate forte.

Ici, il me semble que tous les gens sont gentils, malgré leurs voix tonitruantes et trop graves d'avoir trop fumé, me semble que notre cheffe à toutes et tous, la chaleur, impose à nos cœurs une délicatesse, un cordon solidaire où nos corps, soumis à un même tortionnaire, le soleil, paissent de concert, autant de chatons conciliants.

Et puis, il y a cette eau de La Méditerrr. Tant différente de celle de mon étang, fraîche à en réveiller un mort. L'eau de La Méditerrr... Ce sel qui porte ton physique, allégement du poids, extension des membres, dilatation de ton enveloppe corporelle... Il y a de quoi brouiller les pistes de ton sens de la gravité et de ton Nord et de ton Sud. Je nage des heures et des heures, jusqu'à l'ivresse, jusqu'aux décharges d'hormones sportives ; au fond de l'eau, les bruits des hommes disparaissent, l'univers aqueux gobe tout et déforme les sons en musique maritime. C'est obsessionnel, la nage, c'est découvrir en soi ce que l'humain a du poisson. Oui, cela a dû être vraiment bien dans le ventre de ma mère... Ô cette eau chaude poissonneuse, transpercée de rais tranchants du soleil du matin levant... Je me fonds dans la lumière de l'aube, je n'existe plus en tant que petite fille, je deviens un organisme vivant ayant toutes sortes d'écailles, de ventouses, de muqueuses, de tentacules, de sexes. Je n'ai plus prénom de petite fille... J'ai une foule en moi.

Voilà. La Spagna me fait rêver tout ça. Induit de nouveaux schémas à mon âme d'insulaire, me fait aimer cette Méditerrr, côte un peu vulgaire, trop peuplée, bordée de bars aux enseignes clinquantes... Ici, la musique trop populaire, celle de la FMradio, ponctue les déambulations des touristes, les poitrines des jeunes femmes vacantes, les torses bronzés des bellâtres dépuceleurs de jeunes Anglophines, comme je pourrais l'être.

Mon cousin Francky, lui, est atterré. Il n'a jamais vu autant de cafards glaireux courir dans les rues et même dans nos armoires ; il en rêve la nuit, pousse des hurlements, imagine son blême jeune corps de Britch couvert de carapaces grasses. Le pauvre ! Il ne supporte vraiment pas le soleil et son lait de peau se transforme en cloques croûteuses monumentales, malgré les soins sprays à indice total de Mummy. Et si nous visitons les Jardins de La L'Hambra, c'est avec un Francky plié en quatre à chaque effleurement de rayon de soleil, piquant une crise de quasi épilepsie. Mais bon, Francky veut faire acteur à la très Royal Shakessspeare Company, alors nous relativisons beaucoup ses scènes de souffrance et son hystérie ne nous empêche pas de profiter de la magnifitude du lieu, de la suprématie des bâtisses, de l'opulence des végétaux, de l'ivresse des parfums de fleurs, et de plonger - en pensée - dans les bassins d'eau stagnante.

Et c'est là, au milieu de l'euphory de l'Andalousya, que Francky me l'a avoué. Alors, pourquoi là ? La chaleur aurait-elle buggé ses systèmes hormonaux ? La vision de tous ces corps semi-nus d'angus beefs cramés a-t-elle exacerbé quelque fibre sensible en mon Cousin ? Toujours est-il que Francky m'a dit, plié, contorsionné sous ses cloques exsangues :

– I love boys. (sa bouche fine tremblote)
– What do you mean, Francky ? (I say)
– Sweet Sweetie, I must confess. I love boys.
  I love body's boys. I love sex's boys. I
  love the smell of their skins, their asses.
  Sweetie, in one word : I LOVE BOYS.

Les mots de Francky ne peuvent être plus clairs. Je vois sa belle bouche fine continuer de trembloter. De douleur ou d'émotion de la confession ? Ne sais. Ses yeux dissimulés sous de petites lunettes solaires d'enfant rasent le sol. Presque, on dirait Leonardo Diii Caprio sur photo d'un magazine people. Et je me sens fondre d'amour pour mon Cousin, lui, lui, lui, qui me confie l'épicentre de sa vie secrète et dans le même temps, qui me fend le cœur. Francky, dans la fougueuse Andalousya, m'avoue tout simplement qu'il ne partira JAMAIS avec moi chez les extraterrestres, qu'il ne fera jamais VRAIMENT l'amour avec moi... Un *Midsummer night's dream* : je cours après toi, tu cours un.e autre dans la nuit d'été. Et là, Francky, coiffé d'une nuit étoilée, tordu par le remords et les cloques, ne m'apparut jamais aussi désirable.

Alors, je ne sais par quel miracle, comme si les dieux de la sexualité avaient eu pitié de Francky, un nouvel événement majeur survint. Mes Parents se font des nouveaux amis Spaniches de la grande ville de Sevilllla, ville aux festivités religieuses dignes d'un Tomorrowland, paraît-il... Eh bien, les nouveaux amis autochtones, très libérés durant l'été de leurs contraintes ecclésiastiques de l'an-née, ils nous emmènent dans un endroit très très très spécial, fréquenté par une faune très très très spéciale, une espèce de night-club, que se llama *La isla fantastica* (oui oui du même titre que la tv série *L'île fantastique*). Qui est un night-club. Un mini-night-club. Avec une mini-scène. Qui est un mini-night-club avec une mini-scène et des hommes déguisés. Comme des femmes. Et ça, je lis dans les yeux de Francky que c'est du bonbon pour lui. Alors, une Miguelita nous accueille. Suprêmement chaleureuse. Moulée dans un très juste au corps, révélant la finesse de ses cuisses. Le regard de Miguelita croise celui du jeune Francky et soudain, les yeux de Francky, on dirait qu'ils ont mangé un feu d'artifice. Je crois que Miguelita a déjà tout compris pour Francky car elle s'attarde sur lui et lui dit des trucs en Spaniche que Francky n'y entend que dalle mais dans son for intérieur il croit comprendre que Miguelita lui dit de ne pas s'inquiéter, que c'est vrai, ce sera dur, surtout pour le Père de Francky, mais que néanmoins, il trouvera une place dans le monde et que plein plein plein de gens vivent le même truc que lui et que donc, il ne sera pas seul et que même, ça risque d'être très très très fun.

Bref, grâce à l'homosexualité naissante de Francky, la Miguelita nous laisse entrer dans le night-club malgré notre jeune âge.

On s'assoit sur des poufs en fourrure orange qui doivent être pleins d'acariens de toutes nationalités, mais c'est pas grave. Alors Francky et moi, on commande un Canaaada Dry avec du gingembre et les Parents, déjà bien imprégnés, continuent au gin Espagny Larryyyos. Pfffffff les nuits d'été, oh l'ivresse du bonheur d'être en vie, la macération des corps dans la chaleur de la night, nos Parents en roue libre... Je sens que tout cela pourrait partir en sucette ! Papa commence à rire comme un fou, Maman dégrafe un bouton supplémentaire de son chemisier, le couple Spagnolo parle encore plus fort avec que des « o » et des « a » on dirait... Quant à mon Francky, depuis son échange de regards avec Miguelita, sa crinière rousse s'est hérissée, son jeune corps est harcelé de mini-convulsions. Il s'agit d'un corps naissant, grandissant, désirant, se révélant à lui-même, ne cherchant plus à camoufler sa réalité, et irrigué de flux sanguins extraordinaires pulsés par la force du désir.

La Miguelita dis donc, elle est gratinée ! Elle n'est habillée que de paillettes ! Et elle a super bien dissimulé son sexe d'homme dans un minus slip ou alors c'est qu'on lui a coupé. Mais peut-être qu'en Spagna, cet organe-là a des capacités de rétractibilité, genre comme les antennes d'escargots.

Tout à coup, les lumières de *La isla fantastica* s'éteignent et un spot bon marché se met à illuminer la scène. Une chanson de Roood Stewart, *Baby Jjjane*, éclabousse les baffles. Et Miguelita et une copine surgissent sur la scènette. Elles sont tout simplement bombasses. Et font des danses de crazy ! Même Papa arrête de boire son gin Larryyyos et regarde tout ce que font Miguelita et sa copinette sur la scènette. Ces créatures ont quelque chose d'incroyable, à la fois de la circassienne de Pékyn, du feu follet, du diamant, du roseau bercé par le vent, du porte-clefs. Tout comme Francky, j'aurais pu tomber amoureuse de Miguelita car c'est beau tous ces sexes dans un même corps, toutes ces populations en elle. Je vois les yeux et les culottes courtes de Francky fondre.

À la maison, je ne parviens pas à me mettre au lit. Je me sens un peu perdue au bout du monde, hantée par un spleen du voyageur. De vrai, j'avais de grands projets avec Francky. J'ai le sentiment qu'il est parti sans moi. Mais alors, qui pense encore à moi ? Qui m'attend quelque part ? Peut-être le petit cancéreux, Johnny ? Grand-Père m'attend, ça c'est sûr. Mais ce n'est pas pareil. C'est déjà un vieil homme, Grand-Père.

Je regarde Francky, toujours éveillé lui aussi, métamorphosé, ivre de notre soirée au night-club... Tout à coup, il dégrafe son froc sur la terrasse donnant sur le paradisiaque jardin. Il sort sa bricole. Et par-delà la rambarde, Francky pisse. Libre. Francky pisse. Arrosant la verdure et la nuit de sa pluie solaire.

Plus tard, je finis par m'endormir dans le silence des draps, bercée par le corps de Francky qui n'a de cesse de se retourner dans sa couche à mes côtés.

Je quitte La Spagna, la mort dans l'âme. Comme un nourrisson que l'on arrache du sein de sa nourrice pour le plonger dans une nuit d'hiver à Vladivooostok. Je perds mon nirvana. Et une chose me chiffonne... Avec les multiples appareils actuels, bien sûr, nous pouvons garder des traces filmées et sonores de notre passage à La Spagna... Mais serait-il, un jour, possible de :

- Daddy ?
- Yes my love ?
- I I I... (et je pleure)
- Sweetie, good girl, what's happening ?
- I I I don't want to go home Dad Dad Daddy...
  (tout comme ma Mère, je me mets à répéter
  trois fois les mêmes mots... Génétique)
- Really, my love ? Are you sure ? Don't
  you want to see Grand-Father again ?

– Oh yes yes yes, si, ça je suis contente to see
Grand-Père... But suis si triste de quitter le
jardin de La Spagna et tous ces parfums
magnifiques... Why why why pourquoi
pourquoi on ne pourrait pas capturer
un peu de ces fragrances et les ramener
en Ingland ? Alors les jours de draches
nationales et de gastéropodes, on pourrait
humer toutes ces ambiances et revivre un
peu nos souvenirs... Jasmin, bougainvillier,
laurier rose, oranger... Oh snif, comme je
suis triste, est-ce que quelqu'un, Daddy,
a déjà inventé un « appareil-parfum » ?
(comme son homologue « appareil-photo »)

Papa me regarde en souriant tendrement. Dans
l'aéroport de Malaggga, au sein de l'agitation esti-
vale, je vois un pays paisible dans ses prunelles, je
vois sa ressemblance avec Grand-Père, je le sens,
mon Papa, désireux de faire plaisir à sa petite fille
mais au final, obligé d'admettre qu'il n'a jamais
entendu parler d'un tel type d'appareil mais qu'en
effet, ce serait une invention géniale.

J'éclate en sanglots dans les bras de Papa, je
pleure ma perte de La Spagna ma perte de mon
Cousin toutes mes pertes futures tous les départs et
séparations à venir... Alors Papa, au terminal 6 de
l'aéroport, m'offre une flamboyante robe de dan-
seuse de flamenco ainsi que des chaussures noires
vernies qui font clac clac clac. Une robe rouge à

pois noirs. Une robe rouge aux empreintes noires. Une robe pour danser clac clac la mort au-delà de la mort (je me dis).

La Spagna

Je donnerais jusqu'à mes yeux
pour m'y retrouver en cet instant-ci

Sentir encore une
fois, au crépuscule, les fleurs des Galants de Nuit

Ok. Pas trop de sentimentalisme :

J'ai la robe. J'ai la robe. De La Spagna. De La Spagna. J'arrive à la ferme. À la ferme. J'ai la robe des femmes qui font clac clac clac de leurs talons vernis, des femmes qui tortillent leurs mains comme les octopussies leurs bras, j'ai la robe des femmes aux hanches sauvages, aux regards de charbon, aux traits féroces et acérés, des femmes qui dansent les orages et le feu, des femmes aux chevelures kilométriques et laquées (j'arrive dans la ferme), j'ai la robe des femmes fightant avec les hommes, danse yamakasi à la corde des guitares rêches... J'ai la robe de la femme de l'Andalousya.

Je suis la femme de l'Andalousya. « Grand-Père est dans la cour », dixit la Vieille. J'y danse de ce pas...

Mais les cliquetis des castagnettes et accords de cordes dans ma tête s'effilochent à la rencontre des sons provenant de la cour... Je perçois des bruits mats, des bruits de chairs, des coups de corps en lutte, je sens de la testostérone, des combats de mâles, comme il doit y avoir dans les prisons de Jean Genie, j'entends des mises à mort, de la sueur, de la bave et du sperme... Et ce cri ?!?!?! Ah mais oui, c'est ça. Ce cri. Ce ne sont que les plaintes d'un cochon mis à mort par Grand-Père et son ouvrier. Oh, ce n'est que ça !!! Bon, je zappe. On a tous assisté à la mort d'un cochon quelque part dans notre enfance et je ferai l'impasse sur le paragraphe des chialures de gamin qui fait connaissance avec ce que l'on nomme « angoisse existentielle », sa peur de son inévitable finitude. Et je zappe également le paragraphe sur les similitudes physiologiques de l'humain et du cochon dont la peau de ce dernier fait d'excellentes greffes à celle du premier (aussi qu'est-ce qui est humain, animal, végétal ????).

Donc. Dans ma robe Spanich, ce n'est pas la mort certaine de la bête qui m'impressionne. Ni ses cris écorchant le ciel des Galles, ni les claque-ments de ses sabots cherchant le point de fuite, ni ses yeux de condamné à mort sentant sa trans-formation prochaine en saucisse grillée, ni ses regards implorant une once de pitié auprès de ses bourreaux bouffeurs de côtelettes... Non, ce n'est pas tout ceci qui m'impressionne. (Maintenant, l'animal a repéré ma présence certainement la similitude du clac clac de nos sabots/talons. Ses pupilles me cherchent et tout à coup, semblent abasourdies par l'incongruité de ma tenue Ibérik dans cette ferme agricole, puis me murmurent des « Fais quelque chose, sauve-moi, si tu apparais, Grand-Père cessera immédiatement, ma vie est entre tes mains... » Mais je lui réponds franco de port que généalogiquement, je suis Petite-Fille de Vikings et que je n'ai aucune compassion pour son gros cul de bête que je me réjouis déjà de ronger. Jambon à l'os, jambonneau, bouilli. Petit cochon, le loup te mangera. Et moi aussi.)

Non. Ce qui m'impressionne terriblement, c'est l'état de Grand-Père dans ce corps à corps... Il a empoigné la massue et c'est comme s'il ne parvenait pas à lever l'engin du sol. Et quand il y parvient, c'est à côté du crâne de la bête qu'il l'abat, fendant piteusement les pavés de la cour. Et Grand-Dad de vociférer péniblement, humilié, suant beaucoup malgré la fraîcheur du fond de l'air. Et le cochon, de hurler de plus belle, et l'ouvrier, de tenir la bête au cou, de perdre la maîtrise et de craindre vachement que la massue n'écrabouille ses mains de travailleur manuel. Et la mèche grise de Grand-Père, celle qui camoufle sa calvitie, de se mettre à pendre tristement comme une vieille chaussette sur son front gras. Grand-Papa, devenu très vieux tout à coup, désespéré, non habile, tout petit.

Et cette scène dure des secondes, des minutes tor-turées. Mais Grand-Père, dans un dernier sursaut, hurle « Laaaaaaast pig... » et rabat l'objet massif sur le crâne de l'animal. S'ensuit le traditionnel silence après la mort.

J'aime ce silence après la mort ; je sens picoter dans mon corps l'adrénaline de mes pulsions de jeune assassine. Mes lèvres vibrottent et des boules de transpiration s'écrasent sur les pois noirs de ma robe. Dans ce silence, je suppute que les processus de putréfaction du cadavre du cochon se mettent en branle. Sont-ils les mêmes que ceux chez les humains décrits dans l'*Anthology* de Mummy ? À savoir : que 2 à 8 minutes après l'arrêt du corazon (joli nouveau mot appris en Spagna !), les tissus ner-veux commencent à dégénérer, que les sphincters et les muscles se relâchent et que spontanément, mictions et fécales surgissent, que le corps encore doucement tiède et mollasson pâlit, comme un soldat tombé dans son lit vert où la lumière pleut, qu'après cinq ou six heures, le macchabée devient raide de partout, que 24 heures après le décès, des taches de violette et de pinard Saint-Émilion paraissent, que le cadavre alors redevient tout mou et pue et se putréfie, qu'ensuite des couleurs vertes apparaissent sur l'abdomen puis sur tout le corps et que la peau sèche et devient friable comme un par-chemin et que les cheveux, ongles, poils s'arrêtent de pousser et s'échouent, que les organes perdent leur forme anatomique et mollissent en bouillie-pour-le-chat, qu'à la troisième semaine le foie a disparu, qu'entre le cinquième et sixième mois, le corazon a fondu, que toute l'eau s'évapore charriant sels et bactéries, que les sucres deviennent alcools (forts ou pas ?), que les acides mutent en gaz carbonique, que le cadavre peut produire jusqu'à 5000 litres de gaz, que les graisses dégoulinent en stalactites longs et tendres genre marshmallow et qu'enfin, au bout de 365 jours, ne reste qu'un squelette sans peau parsemé de quelques tendons, ligaments et grosses artères. Les os se disloquant au bout de 4 à 5 années.

Voilà.

Voilà.

Voilà.

Et ce petit processus-là semble effectivement s'être mis en route sous mes yeux car l'anus du cochon, tout relâché qu'il est, émet une crotte bien tristounette sur le pavement de la cour. Alors, dans ma tête, je me remets les cliquetis de castagnettes et accords de cordes. Un long moment passe comme ça, tout suspendu dans le no man's land de land.

Ensuite, Grand-Père reprend de sa superbe : il remet en place sa mèche grise, sort son paquet de Benson & Hedges fortes, en offre à son confrère qui accepte et allume leurs cigarettes avec son briquet de marin. S'ensuit un petit dialogue que je ne parviens pas à entendre mais que je devine, à leurs mines renfrognées, abordant des sujets pas très jojo puant un peu la mort. De temps en temps, ils donnent de petites tapes du bout de leurs bottes Eeeagle dans le cadavre du cochon, éclatent de rire puis soudainement, tirent à nouveau la gueule. On dirait les fossoyeurs de la pièce *Hamlettt* du très Shakessspeare. Me viennent en tête des bribes de paroles d'un vieil Anglay venu du fond des âges... Des ombres de personnages illustres... Des Lady M, des Ophelya, des Prince of Danemarkkk, des crânes du vieux Yorickkk... Tous ces fantômes flottent autour de la dépouille du porc et l'atmos-phère devient vraiment très très ancestralement pesante. Bon. À moi de jouer ! Je vais faire une entrée, apparaître joyeusement telle une Miguelita sur sa scènette et transformer cette veillée funé-raire en feria pailletée ! J'ajuste mon sexy cleavage, dénude un chouïa mon épaule gauche et claque un talon verni sur les pierres de la cour. Les regards des deux presque fossoyeurs se tournent dans ma direction. Je pose un deuxième talon... Et leurs visages ébahis commencent à laisser pendre leurs mentons en émettant des « Oooorghahhhhhhhh » époustouflés. Je leur en fous plein la vue à ces deux pauv' paysans qui n'ont quasi jamais quitté leur vil-lage natal, qui n'ont jamais vu un palmier en vrai de leur vie, qui n'ont même pas idée de ce qu'est un « pulpo a la gallega », qui ne se baigneront jamais dans La Méditerrr, qui ne connaîtront jamais de femme à la peau d'angus beef cramé, qui jamais

jamais au grand jamais ne pourraient imaginer qu'un homme comme Miguelita existe, qui jamais ne remettront en question leur servitude au travail de la ferme, qui toujours verront les vacanciers comme des femmelettes paresseuses et honteuses, qui jamais ne transformeront leurs rapports de domination du monde animal, la bête restant à jamais que bête et certainement pas « être vivant doué de sensibilité », qui ad vitam æternam produiront de la bidoche soufflée aux hormones (c'est d'ailleurs pourquoi mon Père s'est fritté avec son Père et qu'il s'est lancé dans la pâtisserie exclusivement biologique), qui parleront essentiellement d'argent tout au long de leur vie même s'ils sont pleins aux as, qui entretiendront des guéguerres familiales sans fin, et des jalousies et des délations et des complots tribalo-claniques... Non, le monde des fermiers de Grand-Père n'est pas un monde évolué. Mais aujourd'hui, qu'importe ! Pour l'instant, je jouis des regards médusés de deux mâles qui peinent à me reconnaître et poursuis mon avancée dans la cour. Je fais onduler mes pois noirs et s'envoler mon châle à franges... Les castagnettes tonitruent, les guitares éclaboussent... Je tente de reproduire quelques figures des danseuses de La Spagna en éprouvant l'élasticité de mon corps jeune de 3650 jours... Quelques vaches de l'étable ouverte ont tourné leurs yeux vides vers moi... Des poules gambadent entre mes talons, battant leurs ailes et en criant des trucs en langage-poule que je ne comprends que rien (c'est un peu *Chickennn Run*)... Des confettis tombent des cieux et de la musica aussi... Je suis la femme de l'Andalousya... Andalousya's woman. J'attrape la clope de l'ouvrier, m'enfume mon monde au balcon, lui recrache des volutes au nez... Enfin bref. Je fais mon petit numéro de show qui n'a rien à envier à l'habileté de Miguelita. Grand-Père et l'ouvrier ont perdu leurs gueules de croque-morts. Leurs yeux pétillent du cava. Et ils m'adressent un maravilloso sourire de leurs dents jaunies de vieux qui vont jamais chez le dentiste. Et Grand-Dad de craquer comme un pont de navire foudroyé, de me hisser dans ses bras d'arbre, de me serrer si fort si fort si fort comme si j'allais mourir demain puis de me susurrer « I missed you, Sweetie ».

Heavenheavencieloheavencielocieloheaven-
cielocielocielocielocielocielocieloheavenheaven-
heavenheavencielocielocielocielocielocielocie-
locielocielocielocielocielocielocielocielocie-
loheavenheavenheavenheavenheavenheaven-
heavenheaavenheavenheavencielocielocie-
loheavenheavenheavenheavenheavenheaven-
heavenheavenheavencielocielocielocielocielo-
cielocielocielocielocielocieloheavenheavencielo-
cieloheavenheavenheavenheavencielocielocie-
loheavenheavenheavenheavenheavenheavencie-
loheavenheavenheavencielocielocielocielocie-
loheavenheavenheavenheavenheavenheaven-
heavencielocieloheavenheavenheavenheaven-

heavenheavenheavenheavenheavencielocielocie-
locielocielocielocielocielocielocielocieloheaven-
heavencielocieloheavenheavenheavenheavencie-
locielocieloheavenheavenheavenheavenheaven-
heavencieloheavenheavenheavencielocielocie-
locielocieloheavenheavenheavenheavenheaven-
heavenheavencielocieloheavenheavenheaven-
heavenheavenheavenheavenheavenheavencie-
locielocielocielocielocielocielocielocielocie-
loheavenheavencielocieloheavenheavenheaven-
heavencielocielocieloheavenheavenheaven-
heavenheavenheavencieloheavenheavenheaven-
cielocielocielocieloheavenheavenheaven-
heavenheavenheavenheavencielocieloheaven-
heavenheavenheavenheavenheavenheaven-
heaven...

« Grand-Daddy, à La Spagna, heaven se dit cielo.
C'est joli hein cielo. Et cheval se dit caballo. Bientôt,
j'aurai mon caballo hein, Grand-Dad ? » Et Grand-
Père de me faire encore et encore le cadeau de ses
yeux... À savoir, cette éperdue étendue aqueuse
bleue bienfaisante, cette eau accueillante à la température douce, cette eau soubresautée de clapotis
langoureux, cette eau, ce liquide, qui m'évoque
maintenant La Méditerrr, je m'y jette et m'y ébats.
Et dans le lit de ses yeux, je commence notre jeu :
courir dans l'allée, me jeter au sol, éviter la morsure
de la botte Eeeagle, rire et rire, me rouler dans les
herbes folles, les cailloux, les mottes de terre, sentir
le bout de la botte renforcée de métal frôler de très

très près mon derme d'agneau, voir les froufrous de la robe rouge tournoyer dans les airs, fouetter les fougères à coups de châle, entendre la botte tout écrabouiller sur son passage, frôler l'ecchymose... Et voir dans l'œil de Grand-Dad une larme. M'émouvoir de ça. D'une larme. De la fragilité de ce grand chêne. De la possibilité d'une émotion de ce grand chêne. La larme de Grand-Père s'écoule et trace son chemin humide dans les rides de sa face tannée. Pourquoi tu pleures, Grand-Dad ? Et je repense aux larmes des effigies de Madonna de La Spagna. Ces sillons mêlés de larmes et de sang... (L'ouvrier, lui, est complètement mal à l'aise face à notre duo, n'a pas trop l'habitude de ce genre de débordements affectueux en milieux ruraux surtout de la part de la gent masculine. Pas d'émotions, pas d'exubérance, control, self-control.)

Après la larme de Madonna Ibérik de Grand-Papa, tout est allé très vite. Comme si un barrage d'eaux boueuses s'était écroulé et que l'implacable force du destin avait déversé toute sa fange sur nous. Sur moi. On a mangé un cake à l'orange que la Vieille avait préparé. À table, comme personne ne disait rien, je volubilisais intarissable sur La Spagna, ses palmiers, ses octopussies au paprika et son riz jaune ou noir... Mais personne ne réagissait. On a repris la voiture. Maman et Papa ne disaient toujours rien. Et comme les jours qui suivirent personne ne disait rien, j'ai commencé à poser des questions, auxquelles personne ne répondait rien. Un soir, j'ai donc espionné mes Parents par la petite trappe du plancher de ma chambre... Et je les entends hurler de rire ! On dirait que Maman lit un truc à Papa :

« Un courtisan, c'est un proche du roi, une courtisane, c'est une pute.

Un masseur, c'est un kiné, une masseuse, c'est une pute.

Un coureur, c'est un joggeur, une coureuse, c'est une pute.

Un entraîneur, c'est un homme qui entraîne une équipe sportive, une entraîneuse, c'est une pute.

Un professionnel, c'est un sportif de haut niveau, une professionnelle, c'est une pute.

Un homme à femmes, c'est un Don Juan, une femme à hommes, c'est une pute.

Un maître... Une maîtresse.

(leurs rires redoublent)

Un homme public, c'est un homme connu, une femme publique, c'est une pute.

Un homme facile, c'est un homme agréable à vivre, une femme facile, c'est une pute.

Un poulet de luxe, c'est un commissaire de haut vol, une poule de luxe, c'est une pute.

Un homme qui vous escorte, c'est votre garde du corps, votre ange gardien, une femme qui vous escorte, c'est une pute.

Un homme qui fait le trottoir, c'est un paveur, une femme qui fait le trottoir, c'est une pute.

Un homme qui aime faire l'amour, on dit de lui qu'il est sensuel, une femme qui aime faire l'amour, c'est une salope, voire une chienne.

Une péripatéticienne, c'est une pute, un péripatéticien, c'est un élève d'Aristote. »

Et mes Parents rient et rient à se rouler par terre ! Je ne suis pas certaine de comprendre toutes les subtilités de ce qui est énoncé mais je sens tout de même que c'est un truc lié aux femmes et que, nom d'un suricate, quelque chose ne tourne pas rond entre les hommes et les femmes et que c'est comme à la ferme, je dois bien l'admettre, la femme est la sous-fifre de l'homme et que, bien qu'elle travaille tout autant que l'homme, son boulot n'est pas reconnu voire nié. Et je n'ai jamais entendu Grand-Père remercier Grand-Mère des délicieux menus qu'elle lui mitonne, ni de son linge lavé, repassé et reprisé, ni de ses chaussures bien cirées. Que du contraire, il l'abat de rabrouements et de critiques, toujours ronchon, toujours culpabilisant... Considérant que tous ces gestes répétés par Grand-Mère lui sont dus. Car en plus de la maintenance du quotidien, Grand-Mère travaille d'arrache-pied dans la ferme. Sa journée commence à 4 heures du mat' et se termine à 22 heures. Et pendant que Grand-Père et « les hommes » font leur sieste après le lunch, elle, elle fait la vaisselle et fait blinquer la baraque. Je me demande pourquoi Mamy ne réagit pas. A-t-elle un jour réclamé de l'aide pour les tâches ménagères ? Aurait-elle seulement osé ? On sait certains mâles fermiers du cru descendants indignes du primate et enclins à la violence physique, que ce soit sur les animaux ou sur sa femme, peut-être a-t-elle peur ? Ou peut-être que Grand-Mère a simplement appris qu'il faut être très très très amoureuse du seul homme de sa vie et lui obéir comme une serpillère docile, que c'est son éducation qui lui fait faire ça, sa culture ?

Dans le living-room, mes Parents ont stoppé leurs rires et parlent à voix trop basses ; j'entends renifler Maman. Qu'est-ce qu'ils peuvent bien se raconter ?

Le lendemain, c'est toujours les grandes vacances d'été et Mummy m'emmène avec elle « travailler » à l'hôpital et surtout, rendre visite à Johnny. Hum hum, je redoute un peu cette seconde rencontre. Nous choisissons chez le confiseur des sucreries aux couleurs chatoyantes et aux formes fruitières. Je tiens à payer avec mes sous ; Maman en est tout émue (d'autant qu'elle me sait hyper-ra-dine). J'ai décidé d'être méga-gentille avec Johnny et méga-forte même s'il est en mauvais état. J'ai emmené avec moi des jeux de société : scccrabble junior, cccluedo, cartes... Maman me prévient qu'on a mis Johnny dans une chambre stérile car il vient de recevoir un traitement très très costaud qui le fragilise énormément et qui le rend perméable à tout microbe. J'ai même pas peur.

À notre arrivée, nous descendons dans les sous-sols chercher des blouses blanches propres. C'est rigolo, elles sont distribuées par une tringle automatique sur des cintres. Maman m'habille, nous retroussons mes manches et la tunique me descend jusqu'aux mollets et ça fait rire Maman. Elle attache mes cheveux roux en queue de cheval. Et voilà. L'habit faisant le moine... je suis doctoresse. Nous rejoignons le dernier étage, celui du « service stérile ». C'est drôle, je n'avais jamais remarqué que tous les couloirs, tous les halls, tous les étages de l'Hôpital des Enfants sont dotés de noms sympas (encore un truc pour faire passer aux gamins la pilule plus facilement). Ici, nous croisons la « rue poisson rouge », la « place licorne dorée », le « hall de la tarte aux poires »... Mais quand nous arrivons dans le quartier stérile, c'est moins rigolo. Peu de passage dans les couloirs, peu de jouets (ou alors stériles, dans des paquets sous vide on dirait), pas d'enfants courant joyeusement... Néanmoins, il y a un appareil de radiologie en forme de girafe ! Quelques enfants protégés par des vitres épaisses sont visibles. Ils sont entourés - ou pas - de parents emmitouflés sous des protections aux mains, à la tête, au visage. Les enfants, en général, n'ont plus de cheveux. Je commence à paniquer un peu. Alors, pendant que Mummy cause avec la cheffe du service, je pense à des choses chouettes... ma robe de

La Spagna, Grand-Dad, ma petite odeur inter-fessière. Puis Maman me met des gants et un chapeau. Nous arrivons à la chambre, enfin je veux dire, au bunker stérile de Johnny. Elle me dit qu'il vaut mieux ne pas y entrer avec mes jeux car ils ne le sont pas, stériles. Johnny est allongé dans son lit blanc et semble dormir. Il est seul. Nous passons les doubles portes et nous nous retrouvons dans l'air confiné mais vraisemblablement sans microbes de la chambre de Johnny. Il ne réagit pas. Il somnole en poussant des petits râles de chiot épuisé. Son drap de lit remonte jusqu'à son petit menton. Il bave légèrement sur les oreilles d'un doudou semi-dissimulé sous les draps. Sans doute un lapin, le doudou. La tête de Johnny penche vers le lapin. Et là, en cette minute de pur abandon de l'enfant cancéreux, je crois mesurer la douleur que la Mère de Johnny doit éprouver. Je pourrais hurler la douleur de la Mère de Johnny. Hurler la douleur de toutes les Mères de petits cancéreux. La laisser me dissoudre le cœur... Mais je me self-contrôle à l'Anglaiz et n'émets qu'un soupir d'agneau. Johnny ouvre de lourdes paupières. Ne semble pas nous reconnaître. Puis, comme s'extirpant d'un marécage d'Ecosss, fait de grands yeux et énonce mon prénom. Simplement. Dans un souffle léger. S'ensuit un moment de silence. Et dans ce court instant, je suis profondément émue. Qu'il se souvienne de moi. C'est comme un cadeau qu'il me fait. Puis reprenant ses esprits, dare-dare il camoufle son doudou sous le drap blanc et Maman et moi faisons semblant de n'avoir rien remarqué. « How are you, Johnny ? » demande Maman. Et Johnny lui répond : « Comme un chat qui a perdu tous ses poils dans une chambre stérile en été », et il piaffe d'un rire de hamster. Johnny donnant le « ton », nous rions avec lui.

– Sweetie, do you have des sucreries pour moi ?
– Of course Johnny, wonderful sucreries :
Fraises, pommes, citrons, oranges...
Plein de vitamines quoi !
– Aaaaah toi tu es brave ! Tu sais ce qu'il me
faut pour redevenir un superman ! Car
ici, les infirmières elles ne me donnent
que des mauvais trucs tout stériles et
c'est pas avec ça que je vais péter des
flammes !!! Ahahahahahahah.

Johnny rit de ses blagues un peu nulles et nous faisons de même.

– Johnny, tu es seul ce matin ?
– Yes M'dam, Mummy vient bientôt.
– Veux-tu que Sweetie reste un peu avec
toi ou préfères-tu te reposer ?
– Non, non, Madam, qu'elle reste, on va bien
s'amuser ! On va jouer à cache-cache et à
saute-mouton, je crois, ahahahahah !

L'humour de Johnny nous désarçonne mais Maman ne se laisse pas impressionner ; elle prend congé de nous et s'en va travailler. Nous voilà seuls, Johnny et moi.

– Johnny, tu veux un bonbon de quelle couleur ?
– Euuuuh, I don't know, Sweetie. À vrai dire, je n'en ai pas envie pour l'instant. Je n'ai vraiment plus faim depuis qu'ils m'ont fait ce dernier traitement, et d'ailleurs mes papilles ont perdu la sensation du goût, puis j'ai mal au côté droit tout le temps. Tu sais qu'ils m'ont fait un nouveau traitement ?
– Je sais.
– Eh bien, je crois que c'est le traitement de la dernière chance. Ils ne me l'ont pas dit clairement, évidemment. Mais je sens, à l'attitude de mes Parents, que c'est le dernier. Si ça casse, je me casse...
– Tu veux dire que tu vas VRAIMENT mourir, c'est ça ?
– À mon avis, je ne vais pas faire long feu si ce nouveau traitement ne marche pas. Je le sens. Et j'ai beau tourner dans ma tête le pourquoi du comment, je ne parviens pas à trouver un sens à tout ceci, à ma maladie, à ma mort proche et pourquoi moi ?... (silence) Mais toi, Sweetie, comment vas-tu ? Qu'est-ce qu'il t'est arrivé depuis la dernière fois où nous nous sommes croisés ? Quelles sont les

nouvelles du Pays des Galles ? Les nouvelles du monde ? Celles de l'été ?... Tu as des cheveux rouges magnifiques. Dommage qu'ils soient cachés sous ce ridicule chapeau. Tu ne me les montrerais pas un peu ? J'aime bien voir des couleurs vives, j'ai besoin de couleurs vives, c'est comme si elles me donnaient de la force. Je rêve souvent que mon corps est traversé par un arc-en-ciel et que toutes ses couleurs me font du bien, que leur vigueur est comme un kick pour mes cellules. Parce que dans mes cellules, ça chauffe hein, c'est un vrai carnage. Ça lutte pire que dans *Batmannn XVI* et *Starwwwars XXII*... ça flingue, ça flingue. Et il me semble que les couleurs m'aident. Comme je m'ennuie beaucoup et que de toute façon, je n'ai la force de rien entreprendre, je pense et repense aux couleurs. C'est comme boire des cocktails de fruits exotiques en regardant tomber le soleil dans l'océan Indiaaan (enfin, j'imagine, je n'y suis jamais allé)... Mais si je meurs à 10 ans, est-ce que tout ceci aura un sens ?

Je ne sais que répondre au monologue de Johnny. Aussi, je fais diversion et tente de lui laïusser mon chapitre sur La Spagna... Mais rien, même ma description d'un palmier, ni celle de la torpeur de La Méditerrr, ni celle des senteurs du jasmin et de mon idée d'appareil à parfums, rien ne semble captiver Johnny.

– Sweetie, tu n'as rien de plus essentiel
   à me raconter, allez, quelque chose
   de plus captivant, un truc...
– Ben, non, enfin si... Euuuuuh, nous sommes
   allés à *La isla fantastica*... Mon cousin
   Francky a vomi dans l'avion euuuuh... Et
   je crois qu'il est homosexuel... Euuuuh...
   J'ai reçu de Papa une robe de flamenco...
   J'aime bien les poulpes au paprika.
– Bof bof (Johnny semble s'ennuyer ferme).
– Et Grand-Père a tué un cochon hier matin.
– Un cochon ?
– Yeah.
– Attends, tu veux dire, un VRAI cochon ???
– Oui, mes Grands-Parents sont fermiers de
   Père en Fils et mon Grand-Père tue le cochon
   et il va m'offrir un cheval pour mes 12 ans.
– Aaaaaah. Et le cochon, tu l'as vu mourir ?
– Yeah.
– Et il savait que tu étais là, le cochon ?
– Yeah.
– Et ça s'est passé comment ?
– Ben comm' d'hab'. La bête avait peur. Elle sait
   qu'elle va mourir, elle le sait, c'est écrit dans
   ses yeux bleus, alors elle hurle. Ensuite, elle
   m'a vue, d'abord elle était un peu interloquée
   de me voir portant une robe de Spagnola, puis

elle m'a demandé d'intervenir pour elle auprès de Grand-Dad, à quoi j'ai répondu qu'étant Petite-Fille de Vikings, je ne pouvais que me réjouir de sa transformation en saucisse...
Puis Grand-Dad a frappé avec sa massue.

– Et après ?
– Après ? Ben comm' d'hab'. Les processus de putréfaction - qui, à mon avis, sont sensiblement similaires que ceux chez les humains- se sont mis en route.
– C'est-à-dire ?

Et là, un peu gênée vu la mort quasi proche de Johnny, je commence à lui décrire les fameux différents stades de la putréfaction d'un macchabée et ça, apparemment, ça a l'air de l'éclater total. Je lui parle également du phénomène hormonal qui agit au moment de la mort comme un euphorisant et que c'est comme un feu d'artifice de bien-être génial pour le mourant. Et comme Johnny se met à sourire très fort et à lancer des étoiles avec ses yeux, j'en rajoute une bonne couche de détails croustillants. Il adore savoir les variations de couleurs de la peau ; je lui dis la violette, le bordeaux, le verdache, le jaunassé... Il s'émerveille de la peau devenant friable, translucide comme un parchemin, des graisses transformées en stalactites/marshmallows, des sucres devenant alcools, des acides métamorphosés en gaz carboniques... Il veut savoir le devenir des tendons, des ligaments, des artères, veut connaître les durées, les probabilités, les nuances. Je dis tout. Je dis tout à Johnny. Avec la crudité la plus franche. Sans poésie, sans romantisme. Juste les faits.

Johnny ne dit plus rien. Il lance toujours des étoiles, voire des galaxies, avec ses yeux. Il se redresse sur sa couche. A chaud (il n'est tout de même pas très beau à voir avec que sa peau sur les os !). Oubliant qu'il n'en a plus, veut passer sa main dans ses cheveux. Me demande le paquet de bonbons. En mange neuf. Sans même prendre le temps de mâcher. Déglutit. Puis explose d'un grand rire. Qui me fait un peu peur, je l'avoue, une telle qualité de rire, je n'avais jamais entendu. Puis il dit. Il dit : « Ça va. Ça va. Qu'elle vienne. Je n'ai plus peur. Ni de rien. »

(silence)

Je ne pipe mot. Mais j'ai une sacrée boulette dans la gorge ; finalement, cela ne me fait pas plaisir d'imaginer le corps de Johnny en stalactites mous. Et Johnny relance :

– Bon. Maintenant, Sweetie, à moi de te
  raconter des trucs de zarbis. Depuis que
  je suis dans ce foutu hôpital, j'entends
  des trucs incroyables. Tu es prête ?
– Euuuuh yeah ???
– Prête prête ???
– Euuuuh yeah yeah ???!!!

– Bon. Est-ce que tu sais que les
  infirmières portent jamais de culotte
  sous leurs tenues blanches ???
– ...
– Est-ce que tu sais que les chirurgiens, dès
  qu'ils sortent du bloc opératoire, ils relâchent
  la pression en fuckant les infirmières ?
– !!!!!
– Est-ce que tu sais que durant la nuit,
  des mecs de l'extérieur viennent violer
  des femmes sur leur lit d'hôpital ?
– !!!!!!???
– Est-ce que tu sais que la femme d'un
  homme en état végétatif s'est assise
  sur lui puis est tombée enceinte ?
– !!!!!!!!!???????
– Est-ce que tu sais qu'à la morgue,
  ça nique les cadavres à fond ?
– !!!!!!!!!!!!???????????
– Est-ce que tu penses que les
  trisomiques peuvent avoir des
  relations sexuelles non protégées ?
– !!!!!!!!!!!!!!!???????????????????
– Enfin, est-ce que tu sucerais un mec
  de 10 ans qui n'a jamais fait l'amour
  de sa vie et qui va mourir bientôt ?
– ??

Le questionnaire de Johnny n'est pas de Proussst,
certes. J'en reste bouche bée. Totalement offusquée

de ce qui vient d'être dit dans ce cadre-ci. Ma visite à Johnny n'avait pas prévu un tel retournement de situation ! Moi qui avais décidé d'être très gentille avec lui... Que dois-je faire ? Lui répondre ? Lui obéir ? Lui... Lui... Le... Le... Non. Non. Je ne peux... Je ne souhaite qu'une chose : fuir. Franchir la double porte. Sortir de ce bunker. Et courir rejoindre Maman dans les dédales de couloirs aux couleurs acidulées. Mais. Mais. Mais je suis comme para-lysée... Mon corps ne répond plus à ma tête... Je dois faire un malaise vagal dû au stress... Johnny plonge ses étoiles dans mes prunelles. Je me sens vraiment très très très bizarre. Et Johnny le note. J'entends les castagnettes et le mixe de gui-tares. Être forte, rester forte, self-control, Britich contenance... Comme l'ouvrier, comme Mummm-mmmmmmm... Comm... Mais Johnny s'approche dangereusement...

Et là, je ne sais par quel miracle, Lady Nature me sauva du pire. Car je sentais Johnny commen-cer à brûler des flammes, à s'épancher vers moi, à tendre ses petits membres amaigris vers mon corps de jeune agnelle... Ça flairait le puant un quart d'heure, l'incident fâcheux, le geste très déplacé. Et, je ne sais par quel miracle, en cet instant précis où Johnny salivait comme un gros beef, la lumière de la chambre vira à l'improbable. L'éclat du jour fondit, mua en obscurité compacte et inquiétante... Enfer, le jour devenait enfer. Les oiseaux s'arrêtèrent de gazouiller, la rumeur de la grande ville s'estompa net, et le soleil disparut. Qu'est-ce qu'est-ce... Le visage de Johnny se figea dans un râle de masque de tragédie Greck, se racrapota, il courut se réfugier dans son lit blanc et hurla : « Mamaaaaaaaan, Mamaaaaaaaan... La fin du moooooooooonde... La fin du moooooooooonde... » Et là, sans rien montrer à Johnny-ce-con, je ris, je ris... Mais oui. Mais oui, je ris. Ce con ne sait pas que ce matin, une sacrée éclipse du soleil est prévue. Aussi telle une Lawwwrence d'Araby le 4 July 1917 en Turkie, je profitai de la crédulité de mon opposant pour gagner ma bataille. Je laissai Johnny gémir comme un chien Inuittt tiraillé par les oreilles et dont les beuglements sont censés éloigner le mauvais sort et l'éclipse... Là. Je le laissai là, seul avec sa peur, seul avec son cancer, seul avec sa moche gueule verdâtre et je me forçai à n'éprouver aucune pitié, aucun soupçon de compassion. Finalement, ce n'était pas si difficile. Je restai là, muette, face à mon ciel infernal et je trouvai Nature extrêmement majestueuse dans son imprévisibilité indécente.

Ohhhhh... Je notai deux chats sur le toit d'en face, deux chats, un blanc, un noir... Deux chats s'accouplant sous ces cieux sans queue ni tête. C'était beau, ce parallèle... La lune chevauchant le soleil, le chat noir saillant la chatte blanche. Je me sentis heureuse, profondément heureuse, un sentiment de pure harmonie avec le monde et les éléments naturels m'envahit, un détachement de mon corps dans cette chambre d'hôpital... Comme si mon âme flottait au-dessus de mon enveloppe corporelle. Comme si mon âme... Mon âme... Et en cet instant-là, tout tremblotant, Johnny me dit : « 21 grammes. 21 ! L'âme pèse 21 grammes. C'est prouvé. » Comme si Johnny avait lu dans mes pensées !

   – Et tu veux être brûlé ou enterré, Johnny ?
   – En... En... Enterré.
   – Moi aussi.

Sur ce, Mummy entra dans la chambre et brisa notre atmosphère d'entre vie et mort de sa belle voix fraîche sentant le pur suc de la vie et s'émerveilla de la beauté du moment, de l'extraordinaire... éclipse. Là, Johnny comprit enfin. Me regarda bêtement. Et sembla se calmer. La Maman de Johnny arriva également ; le bunker se transforma rapidement en salon de thé Anglès à l'heure du très tea-time sous lumière singulière. Toutes deux parlaient joyeusement comme si de rien n'eût été et leur apparente insouciance nous rassura, Johnny et moi. Aussi, nous nous assîmes près de la fenêtre en silence, et nous regardâmes le chevauchement des astres.

En rentrant à la maison, j'ai demandé des petits choux à la cream à Papa. Mes Parents m'ont regardée d'un air ému. J'ai demandé à ne pas aller à l'hôpital le lendemain mais chez Grand-père.

Maman a dit que ce n'était pas possible. Papa a dit que c'était possible. Qu'il le fallait. Et j'ai mangé dix petits choux. Les Jumeaux aussi. C'était gai.

Humpfffff
Humpffffffff

J'espère tout de même qu'aucun gros connard n'est venu se délester les bourses dans mes cuisses depuis que je suis alitée comme un vieux hareng dans sa barquette :

C'est Grand-Père qui est venu me chercher dans sa Llland Rover Defender. J'adore aller devant, à la place du mort on dit. Je n'ai pas l'âge, mais Grand-Dad me laisse. Il m'annonce que nous allons luncher sur la place du village. Waow ! J'adore, sortir avec mon Grand-père ! Il nous promène aux alentours, nous passons devant son école primaire qu'il n'a fréquentée que jusqu'à ses 9 ans car il a dû travailler à la ferme de ses Parents, il me montre un bois où il adorait aller chasser le gibier avec ses amis, nous croisons l'église où nous allons parfois à la messe (Grand-Père s'assoit toujours au fond avec ses amis fermiers, ils n'arrêtent pas de papoter et de rire dans leurs vieilles barbes de vieux fermiers, le curé ne doit pas trop les aimer ! la Vieille s'assoit au premier rang, elle, et elle m'oblige à m'asseoir à côté d'elle).

Nous mangeons dans le joli pub. Mon plat préféré : une truite bardée de lard. Un audacieux mélange terre/mer. Cette place d'un village du Pays des Galles ressemble très fort à celle de la série télévisée *Downtonnn Abbey* que regarde la Vieille. Des maisons de vieilles briques, des pavés irréguliers, un arbre sur la placette. On s'attend à y voir passer les personnages de Mary ou Anna, voire Baines. Grand-Père est très attentionné, me parle gentiment et sourit à mes rélexions de gamine à propos de tout et de rien. Il y a quelque grisaille dans le bleu de ses pupilles mais ça va. N'empêche, je sens que quelque chose ne tourne pas rond... Et Grand-Père attend que j'aie terminé mon carrot cake pour me le dire. Il allume une Benson & Hedges forte (oui, ici on peut fumer à l'intérieur). Inspire très profondément. Un grand silence. Triture son joli étui de cuir noir... Un petit cerf y est gravé, c'est chou. Bon, tu me le dis, Grand-Père ? (ça doit être à propos du cheval) Et oui. D'accord. Il me le dit : « My Sweetie, j'ai attrapé un cancer pas très gentil. Je dirais même très méchant. Il est irrécupérable. Aucun traitement n'est possible. Les médecins me donnent encore quatre semaines mais m'annoncent des douleurs atroces et une dégénérescence fulgurante de mon corps. (silence) Aussi, j'ai pris une décision. Dans une semaine, je vais être euthanasié. Je ne veux ni souffrir, ni voir mon corps complètement affaibli. Je ne veux pas vous imposer ce mauvais spectacle. Et surtout pas à toi. »

Dans ma tête, de très grandes castagnettes tonitruent comme jamais. Aux sons gigantesques, se mélangent des relents de truite au lard et des faciès de squelettes... Je ne peux bouger aucun de mes membres. Un nouveau malaise vagal, certainement. Je dois être forte, supra-forte. Self-control, Inglish flegme... Mais c'est dans les miettes de mon carrot cake que ma tête atterrit... À mon réveil, je suis sur les genoux de Grand-Père qui me tapote les joues en murmurant mon prénom. Voilà. Je fais connaissance avec une nouvelle forme de douleur... Bon, examiner le terrain. Sentir où s'installe la douleur. Sentir ma respiration se modifier. Réagir ??? Comment réagir ??? Ne pas pleurer, ne pas pleurer, trouver d'autres chemins. Regarder. Regarder l'être devant moi. Grand-Père. Ses yeux bleus. Imaginer sa peur de perdre la vie. L'aimer. L'aimer fort comme jamais. Comprendre son choix. Admirer son choix. Pour nous préserver, nous. Et lui également car un descendant de Viking ne pourrait supporter son corps transformé en bouillie pour le chat. Grand-Père est fort, je me dis. Très fort. Très très fort. Et je vais être forte. Très forte. Très très forte. Comme tous nos Ancêtres. Je veux être forte comme un homme (???). « Grand-Dad, il nous reste une semaine. Tu vas m'apprendre la ferme.

Toute la ferme. Tous les gestes. Tous les outils. Et quand tu seras dans la terre, je continuerai ton travail. J'arrêterai l'école. » Grand-Dad sourit délicieusement. Tous ses Enfants ont quitté la ferme, aucun n'a voulu perpétuer le métier de fermier et l'entreprise familiale vieille depuis des siècles. Je sais que Grand-Père en est fortement attristé et a négligé les liens avec ses Enfants notamment pour cette raison... Oui, je suis forte, je me sens forte. Oui, je suis Mary de *Downtonnn Abbey*, l'Aînée de la Famille qui va consacrer sa vie à la pérennité du domaine. Si je ne le fais pas, qui le fera ???

– Grand-Dad, let's go, on a du
  pain sur la planche.
– Sweetie, do you want another carrot cake ?
– No Grand-Dad, let's go. La ferme nous attend.
– As you like it, Sweetie.

Grand-Père ne semblait pas tout à fait convaincu par la faisabilité de mon projet. Aussi, je m'efforçai de le convaincre et d'agir en conséquence. Les jours qui suivirent, je ne dormis quasi pas. J'étais comme prise d'une fièvre compulsive. Je travaillais. Je travaillais. Me levais avant le soleil avec mes Grands-Parents. Chaussais des bottes Eeeagle et rentrais avec eux le bétail. Je nourrissais les bovins, les porcins, les ovidés, les gallinacées. Je trayais les vaches, portais les seaux de lait ou d'eau, nettoyais les étables de fond en comble. J'appris à observer les vêlages au travers des gonflements des pis, des variations de température ou des relâchements de certains ligaments. Pendant mon apprentissage, Grand-père me parlait comme on parle à un associé. Je le sentais commencer à croire pleinement à mon projet ambitieux. Mon entrain le gagnait. Aussi, il passait un temps fou à me transmettre des informations très précises, très détaillées, me décrivait les outils, les appareillages, les formules, les potions. Nous ne parlions ni de sa maladie, ni de sa mort proche, nous n'avions pas le temps de nous perdre en fioritures. Nous étions adultes, complètement en accord avec la décision de sa mort programmée et conscients de l'importance de notre projet. Nous donnions un sens à sa vie dédiée au travail de la ferme, c'était comme un hommage que nous rendions à tous nos Ancêtres, comme une grande accolade respectueuse à notre arbre généalogique ; nous assurions la pérennité du clan.

Grand-Père et moi étions en sueur, de surexcitation, de trop de labeur et de trop de soleil qui s'était mis à brûler ces derniers temps, transformant l'humidité caractéristique du Pays des Galles en chaleur des regs ; nous luttions, nous hurlions, nous pestions sur cette puste de Nature qui, une nouvelle fois, nous contraignait à dépasser nos limites, même dans les derniers instants de la vie de Grand-Père. Le soir, nous étions fourbus jusqu'à la moelle, souillés de sueur, de bouse, de terre…

Mais heureux, ivres de fatigue, de vie au grand air et après le dinner, nous nous endormions comme des masses devant un écran de télévision diffusant des séries américaines ou un épisode de *Downtonnn Abbey* (dans mes rêves, j'entendais Mary approuver ma décision de reprendre la ferme...). Une fois au lit, je ne dormais pas. J'épiais la respiration de Grand-Père au travers du mur ; je ne dormais plus avec lui depuis l'histoire du sang sur ma robe blanche, la Vieille passait ses dernières nuits avec lui dans le lit conjugal. Je ne dormais pas et pensais. Au cheval, notamment. El caballo. Grand-Père va mourir avant mes 12 ans... Que va-t-il advenir de mon cheval ? Est-ce que c'est la Vieille qui me l'offrira ? Non, ce n'est pas pareil. C'est GRAND-PÈRE qui doit me l'offrir. Je dois recevoir un cheval de GRAND-PÈRE. Sans cheval, un conquérant de royaume n'est rien. Et sans le cheval, je ne suis RIEN.

Au petit matin, je n'osais pas en parler à Grand-Dad. Aussi, je faisais des allusions chevalines plus ou moins légères, mais Grand-Dad ne réagissait pas. Il paraissait essentiellement concentré sur mon apprentissage. Je n'insistais pas. Puis le dernier soir est arrivé.

Nous sommes dimanche fin d'après-midi. La journée a été chauffée d'un soleil haut-fourneau. Après les ouvrages du soir, Grand-Père dépose sa fourche à trois dents. L'ouvrier est venu le saluer une dernière fois. Je revois leur complicité de fossoyeurs d'*Hamlett* autour de la dépouille du porc... Ce soir également, ils rient en allumant des Benson & Hedges fortes. Par pudeur, je n'interviens pas. J'observe discrètement Grand-Père tout en continuant mon labeur. Je ne veux perdre aucun de ses derniers instants. Après les cigarettes, l'ouvrier s'en va. Des larmes dans le regard de l'ouvrier, je ne sais s'il y en eut. Grand-Père me claque une tape ferme dans le dos, comme il aurait pu le faire à un de ses Fils (eh, je suis devenu ton partner Granddad !) et dit : « Oui partner, let's go to the étang ! » Et folle d'une joie étrange, je souris et m'élance dans l'allée... Et nous rions, nous rions, en faisant des grands pieds de nez à la mort... Espèce de salope, on te caque à la face, on t'encule, on t'énucle, on te meeeeeeeeeeeeeeeeeeeeerde !

Grand-Père plonge le premier dans l'eau glacée. Nu !!!! Oh, c'est incroyable, il plonge nu ! Comme émancipé de la pudeur Anglich qu'il a dû porter toute sa vie de Britiche. Et c'est beau, c'est beau de voir nager Grand-père, de sentir encore une fois son grand corps vigoureux comme un séquoia, et il nage tellement fort en respirant tellement fort que l'étang semble ébranlé par un vrai tsunami ; toutes les berges sont éclaboussées, la place des algues, des lentilles d'eau, de la vase, tout l'ordre de l'écosystème est modifié par la nage vive de Grand-Père. Les hérons s'éloignent vers des branches hautes, les oies d'Egypt, les focks se laissent bercer par l'onde... C'est beau, c'est puissant, c'est trop puissant, les vagues pourraient ensevelir mon corps léger. Aussi, je m'accroche aux lianes du saule pleureur et me contente de la joie profonde de le regarder. Mais c'est plus costaud que moi toute cette eau... L'eau et le choc de sa froideur m'ébranlent. C'est comme un appel à lâcher les miennes, d'eaux, à vider ma gourde. Je sens des contractions dans ma gorge, des torsions dans mon ventre, tout me contraint à accepter la naissance de mes larmes aux eaux salées... « Mais non, Sweetie ! Sweetie, ma Chérie, me dit la voix de Mary de *Downtownnn Abbey*, la décision de Grand-Dad est ce qu'il y a de préférable. Aurais-tu supporté son corps pourrissant sous tes yeux ? Aurais-tu accepté ses membres gonflant, ses cheveux chutant, son teint brunissant et peut-être ses intestins (Mary aime les rimes) se déchirant ? Un jour, il t'aurait fallu le pousser dans une petite charrette couinante, éviter les miroirs afin de ne pas l'effrayer du reflet de sa propre image, il t'aurait fallu le promener au grand air, l'emmener manger une glace, il t'aurait fallu le nourrir à la petite cuillère, essuyer ses commissures, contrer la morsure du soleil voire même du moindre coup de vent... Subir ses humeurs macabres, ses larmes renfrognées, sa peur de mourir et t'efforcer d'être toujours souriante, positive, affable, acquiesçante, gentille, douce, posée et presque riante... Sa ferme poigne deviendrait menotte d'enfant violacée de veines protubérantes, la peau de son cou flasque comme celle des vaches. Les glaires, les crachats, l'haleine, la salive blanche séchée comme de la craie aux coins des lèvres, l'odeur tenace des gaz, celle des mictions répandues sur le linge de lit, les taches mauves naissantes sur son torse... Sans parler de la dégénérescence mentale. Aurais-tu supporté, Sweetie ? » Je regarde Grand-Père s'ébattant énergiquement dans l'eau glacée comme un cygne royal... Puis réponds à Mary qu'elle a raison.

L'aube tombe. Grand-Père sort de l'eau, silencieux ; j'admire ses biceps, sa chaîne scapulaire fortement développée. Il se rhabille. Sa corpulence pourrait figurer dans un de ces magazines gays que j'ai déjà vus en kiosque. Nous marchons dans l'allée. Il jette un dernier regard vers l'étang. Empoigne ma main si intensément qu'il me semble entendre mes petits os se briser. J'ai envie de lui parler du cheval, lui parlerais-je ? Il interrompt mes pensées et me dit qu'il a quelque chose pour moi... Ah. Enfin ! Le cheval ! Il m'entraîne dans la cour et entre dans le kot aux grains. Il disparaît. Il revient avec dans les mains... un casque de Viking. C'est le casque qui sert à transvaser les grains destinés aux animaux dans des seaux. Une des cornes est rompue. Il me dit que ce casque a appartenu à un de nos Ancêtres Vikings. Qu'il me le confie, et avec lui, toute la ferme. Je suis émue. Pas un mot sur mon cheval.

Puis tout est allé très vite, mes Parents sont arrivés, aussi les Frères et Sœurs de mon Père, tous rabibochés pour l'occasion. La Vieille avait préparé une belle table qu'on aurait presque dit de noces, et un roastbeef à la menthe rôtissait, selon les vœux de Grand-Dad. L'ambiance est sereine et enjouée, personne n'évoque la journée fatale de demain. Je ne dis quasi rien, je regarde Grand-Père. Ils boivent un peu de sherry puis de la bière. Parfois, ma Mère me demande si ça va, si j'ai envie d'un soft avec une paille ou d'une ice cream. Je dis non à tout. Heureusement les Jumeaux ne sont pas venus, il y a mes Cousines et Cousins mais je les ignore, je reste avec les adultes. Avec le sherry et la bière, le ton des conversations monte. Tout le monde pose beaucoup de questions à Grand-Père sur sa vie, sur son enfance, sur ses Parents... Grand-Dad est enjoué, l'alcool le porte. À un instant, amoureux, il me demande VRAIMENT ce que je dirai de lui quand il sera mort. Je reste sans voix. Hébétée par la question. Autant que par ma réponse. Je cherche des mots, des mots grandioses, des extra-super-latifs de superlatifs, mais aucun son ne parvient à sortir de mon appareil vocal, tout reste bloqué, comme par grand gel. Le regard de Grand-Dad me fixe intensément. Aussi, je tente de trouver d'autres moyens d'expression, je déglutis, me racle la gorge, renifle, rien n'y fait. Pourtant, j'aimerais tellement dire à mon Grand-Père chéri tout l'amour de l'uni-vers, je DOIS lui dire maintenant ou jamais ; je sens que je vais m'effondrer en larmes, que je vais me fondre au carrelage de la salle à manger, d'autant que Grand-Père ne lâche pas mon regard de sa question, qui semble lui être essentielle, je le sens, et mes mots s'envolent, ou dégoulinent en bribes le long de mon menton ou alors, sont-ils tous trop petits pour transmettre la qualité de mon amour... Devant mon silence un peu baveux, Grand-Papa baisse le regard, dépité, n'a rien lu dans mes yeux, se ressert une flaque de sherry et se replonge dans la conversation générale. Je me sens nulle complètement nulle.

Plus tard, l'ambiance vire, devient plus lourde, plus sombre, la voix de Grand-Père paraît déjà d'outre-tombe. Il annonce qu'il est l'heure, qu'il veut aller vérifier les étables, comme il le fait chaque soir, puis se coucher. Tente un trait d'humour en ajoutant qu'une dure journée l'attend demain. Sans succès. On sent que personne n'a envie de rigoler du tout du tout. Qu'il faut se dire plus qu'au revoir. Peut-être entamer des réconciliations in extremis. Èventrer des non-dits. L'atmosphère devient vraiment très très spéciale. Les Frères ou Sœurs tentent de brefs apartés seul à seul avec leur Père. On voit des esquisses de gestes tendres. Des effleurements, des étreintes de mains, des bribes susurrées. On entend des sanglots étranglés. Je capture tout : les sons, les mots, les raclements de gorges, les respirations irrégulières, les restes d'un parfum de roastbeef à la menthe, les conflits familiaux. Je ne comprends pas le sens de ce qui est dit, tout étant murmuré, mais je perçois néanmoins la vibration de la voix grave de Grand-Père qui se veut rassurante.

Puis tout à coup, tout le monde a disparu. Plus que la Vieille et moi, je l'ai exigé... « Laisse faire l'Enfant », ai-je entendu. Je me suis dit que c'était peut-être le bon moment pour demander mon cheval mais Grand-Père a annoncé qu'il allait aux vaches, seul. Évidemment, on n'a pas bronché la Vieille et moi. On a donc rangé la table et fait la vaisselle, telles des femmes de ferme. Elle avait vraiment l'air très triste et comme ses yeux frôlaient le sol plus qu'à l'habitude, je l'ai aidée jusqu'au bout, en chantonnant, pour divertir l'air. Mais elle m'a violemment demandé de me taire. Ce que j'ai fait, vexée. Pour une fois que j'essayais vraiment d'être gentille avec elle. Aussi, je suis rapidement montée me coucher. J'ai ouvert très grand la fenêtre et j'ai regardé le ciel... Incrusté de mille étoiles, ce soir. Que fait Grand-Père dans la cour ? A-t-il vraiment jeté un œil sur les animaux dans leurs étables ? Fume-t-il une dernière Benson & Hedges, comme le condamné à mort ? Pense-t-il au fait que je n'ai rien répondu à sa question durant le repas ? Voit-il, comme moi, le ciel et ses étoiles en bataille, dernière ode de la nuit au fermier ? Que pense-t-il VRAIMENT ? Pense-t-il seulement ? Ou se laisse-t-il porter par les volutes capiteuses de ses cigarettes et par l'odeur chaude des arbres et des fleurs dans l'été ? Peut-être se transforme-t-il déjà en corps volatile dispersé dans l'univers ? Qu'est-ce qu'un homme qui sait qu'il va mourir dans une petite vingtaine d'heures pense encore ? Est-il encore possible de penser paisiblement ? Peut-être que des processus particuliers du cerveau se mettent en branle ? Genre des hormones de protection qui font que tu ne réalises pas tout à fait ce qu'il va se passer ?

J'ai dû m'endormir sur le rebord de la fenêtre. Dans la nuit, quelqu'un a déposé mon corps dans le lit, m'a bordée du drap de cotton blanc, m'a peut-être déposé un baiser sur le front, je ne sais ? Grand-Père ? La Vieille ? Toujours est-il que là, me voici réveillée en pleine nuit, quelque chose comme 3 heures du matin... 3 heures du matin. La piqûre létale doit avoir lieu à 11 heures. Restent donc 8 heures. 8 heures de vie. Je m'approche de la porte de la chambre de mes Grands-Parents ; au travers de la paroi de bois, j'entends le léger ronflement de Grand-Père... Il vit toujours. J'aimerais me coucher entre Grand-Dad et Mamy, comme quand j'étais très petite et rester là pour l'éternité, mais je n'ose. Je m'assois au pied de la porte, chienne de garde du sommeil de mon Roi. Je ne m'endors pas ; toutes sortes de pensées philosophiques m'enivrent et se mélangent à ma tristesse ; je visualise ma vie de mille-feuilles, mon accumulation de strates... À vrai dire, j'aime bien cet état.

La nuit hors du temps. La nuit triste, comme une antichambre étoilée avant la mort. On dit que les mourants finissent plus volontiers la nuit, quand leurs proches sont partis, qu'aucune présence physique et affective ne les retient sur terre. S'endormir, rêver que l'on s'envole et partir VRAIMENT. Confondre sphère du rêve et sphère de la mort. Cela ne doit pas être si désagréable. D'autant qu'il paraît qu'un feu d'artifice explose dans ta tête quand tu meurs, un peu comme si tu avais pris un bon shoot de champignons magiques ou un gros gros gros ginto. J'espère mourir dans la nuit. Dans mon sommeil. Et ne rien réaliser. Ne pas avoir le temps de dire au revoir à qui que ce soit. Partir sans rien dire, ni demander.

N'empêche, là, dans ma nuit sans lune, je n'ai pas envie de crever

Allez, Sweetie Horn,
                    descendante de Vikings
            keep on, keep on

DO WRITE

DO WRITE :

À 5 heures 30 du mat, la Vieille, par mégarde, me shoote un pied dans mon corps recroquevillé au sol devant la porte de la chambre.

- Oh Sweetie, tu es là ?...
- Yes, Mamy, it's me, I fell asleep.
- Please, go to your lit, Darling.
- Oh Mamy, may I go and see
  Grand-Dad in votre lit ?
- He's sleeping deeply, Darling.
  Leave him in paix.
- Of course, Mamy.

C'est la première fois depuis des lustres que Mamy et moi avons un dialogue sensible et tendre. Mais une fois Mamy descendue dans la salle de vie, je rejoins sur la pointe des pieds la couche de mon Roi futur mort. Il note ma présence, me serre si fort, si fort tu sais, que j'en meurs de sommeil.

Je rêve que je vole.
Au-dessus de la cour de la ferme.
Les toits des étables.
Le bleu fluorescent du ciel.
Les animaux, petits formats.
Les humains, petits formats.
Et je rêve que Grand-Père et moi faisons le même rêve.

Réveil. 9 heures 30. Bon, dernière ligne droite. Grand-Père est levé. Il faut qu'on en finisse. Ils se préparent à partir. Grand-Père demande ce qu'il doit emmener, ses papiers, ses cigarettes, un peu d'argent, son mouchoir ? Non, il n'en a plus besoin, il semble un peu désarçonné, agité. Il marmonne des trucs en vieil Englais, laisse tomber ses clés, les abandonne sur la table, dit que de toute façon, ce n'est plus nécessaire. Voilà. Il est prêt. Il m'emmène dans la salle à manger. Il sent bon la douche du matin et l'eau de Kologne, je me dis. Il me tend son paquet de Benson & Hedges dans son petit étui de cuir noir dans lequel est gravé le cerf. Une grosse liasse de billets de banque est coincée entre le cuir et le paquet de cigarettes. Il me dit : « Pour le cheval. » Il ne me dit rien d'autre. Me caresse les cheveux. Fait des yeux amoureux. Les plus pénétrants du monde. Je ne peux à nouveau rien prononcer. La porte d'entrée claque. Les portières également. La Llland Rover démarre. C'est lui qui conduit. Pas un dernier regard. Pas une hésitation. Je reste seule dans un silence.

Jejeje

Jejeje   Écrire ce qu'il y avait à dire

à Grand-Père :

Alors, je me suis encourue à l'étang. J'ai pris un petit réveil avec moi. Pour décompter les minutes. J'ai pris les Benson & Hedges, au cas où. J'ai roulé au sol de l'allée. J'ai esquivé la morsure de la botte Eeeagle de Grand-Dad comme si elle était VRAI-MENT là, j'ai poussé des cris, j'ai ri, je me suis relevée et la tête me tourne, 10 heures 12, alors je marche dans les hautes herbes du pré, elles me caressent les mollets et j'aime ça, alors je grimpe en haut d'un tilleul, je suis habile comme jamais, mes membres s'agrippent aux branches, j'ai une force titanesque, me propulse dans les cimes de l'arbre en une fraction de seconde, de là-haut, je surplombe tout le domaine, pardon, tout MON domaine héhéhé, mes yeux ont l'acuité du rapace, je scrute, je détecte, je visionne, mon mirador est secoué par le vent mais je ne cille pas, je suis yamakasi des arbres, 10 heures 25, Grand-Dad est toujours en vie, je surveille la route qui mène au domaine, je redoute que Grand-Dad ait flanché, qu'il ait rebroussé chemin et qu'il revienne VRAIMENT terminer ses jours à la ferme, je repense aux tristes images de son corps déchu, aux tristes liquides en tous genres, aux tristes veines trop saillantes, aux tristes bruits des os qui craquent, (tiens, une voiture approche du domaine, serait-ce... Non, elle s'éloigne), 10 heures 30, Grand-Dad entame sa dernière demi-heure de vie, tiens bon Grand-Dad, fais comme moi, ne te retourne pas, je mesure l'étendue du domaine, j'évalue la quantité de travaux à terminer avant la fin de l'été, je pense à Mary, je vois sa ténacité à toute épreuve qui fait d'elle une suprawoman même dans les moments les plus rudes, hein, elle en a tout de même sacrément bavé quand son mari, tiens j'oublie son nom, se tue en bagnole le con en revenant de la maternité, eh bien Mary, elle continue à travers tout, bon elle est parfois d'humeur chameau mais bon, faut la comprendre aussi son mec (comment il s'appeeeeelle ???) s'est tué le jour où leur gosse est né, 22 minutes, je leur dis souvent aux filles « Faites gaffe avec qui vous faites vos mouflets parce que il y a des mecs c'est écrit sur leur front WARNING WARNING WARNING » mais les filles ces connes elles font quand même un môme avec ces mecs-là et après c'est le barda putain foutre je redescends de ce fichtre arbre et merde j'ai des échardes dans les paumes ça ça m'énerve plus que tout et pourquoi cet arbre est plus long à descendre qu'à monter ben tiens je le ferai abattre putain de sa race de tilleul va pas continuer à faire chier longtemps ce con juste bon à finir en tisane pour bobonnes ménopausées qui s'adonnent à toutes sortes d'activités thérapeutiques soi-disant artistiques ateliers d'écriture de

photo de... 19 minutes c'est qui LE maître ici c'est
bibi encore un coup de cette puste de Nature va pas
faire chier longtemps celle-là non plus Matthew !!!
Matthew !!! le nom du mec de Mary tiens bon
Grand-Dad elle va voir cette Nature de quel bois
la Petite-Fille de George Horn Sweetie Horn Miss
Sweetie Horn se chauffe descendante de Vikings
de conquérants de maintes contrées voire d'univers et de mers et d'océans et de forêts d'ailleurs 16
minutes va falloir rentrer tous les oiseaux avant que
la nuit ne tombe et couper les étoiles trop de soleil
trop d'obscure cette chasse aux nuages doit se faire
le plus rapidement possible avant que les poissons
n'aient dégonflé l'étang ou mis le feu aux poudres
ils doivent ranger ranger comme les inver-12mi-
nutes-tébrés doivent faire leur lit c'est toujours ce
que je dis aux Jumeaux Fils de con Fils de putain
de chienne va te faire foutre espèce de liane tu te
prends pour un anaconda ou quoi tu vois pas qu'il
y a toute cette eau 10 min à boire mais j'ai plus
soif j'ai trop fait de manège de bois maintenant
il faudra raser Johnny même s'il n'a plus de foie
parce que quand l'éclipse s'en ira il va clampser
le con et faudra tout renettoyer même si les chats
ont tout ni-8min-qué mais cette écharde qui l'a
mise là en plein milieu de l'étang c'est Ophély c'est
encore Ophély et plein de consœurs connes qui se
sont suicidées dans l'étang une courtisane c'est une
pute sûrement pour des pauvres types qui avaient
des couilles pendantes comme celles des taureaux

les cons toutes ces lentilles d'eau à manger par la racine faudra pen-5min-ser à la vinaigrette pas tant manger de beurre qu'on lui a dit à la Vieille parce que elle aussi hein, elle débloque grave 18 muscles je te dis dans une langue mes menstrues certains disent 17 mais moi je dis 18 muscles dans une langue mes menstrues l'anatomie a plutôt tendance aux nombres pairs quand il s'agit de plusieurs organes enfin sauf pour la quéquette tu te rends compte quand ma Mère avait les 2 larves dans son bide elle avait 2 quéquettes qui flottaient dans son bide et si mon Père la visitait ça lui en faisait 3 quéquettes si quelqu'un l'enculait en plus ça faisait 4 plus 1 bite dans la bouche ça fait 2 minutes encore une de plus attends mon royaume je sais plus à combien je suis je suis moi ma robe de La Spagna je suis moi où est mon cheval ? 0 minute.

Près de l'étang.
Pays des Galles.
Une eau au clapotis régulier.
Une barque, un ponton.
Charmant et giboyeux.
Tourne dans ma tête, la seule phrase qu'il y a à entendre ce jour-ci : celle qui dit la mort de Grand-Père.
Et mon corps marche vers l'étang.
Mon cerveau n'existe plus.
Il devient lieu vidé.
Traversé par une unique sensation : celle du vent.

Une colonne de vent éventre mon crâne d'une tempe à l'autre.

Un mouvement, parallèle au sol.

Parallèle à la surface de l'étang.

Et dans mon corps, un autre mouvement.

Perpendiculaire à la croûte terrestre.

Celui de mes poumons.

Une pompe.

Soumission à une respiration inédite, tempo anarchique.

Qui happe l'oxygène par colonnes, à grandes gorgées.

Dans mon organisme usiné par ces mouvements parallèles et perpendiculaires, j'observe comment la douleur marque sa trace dans ma chair. (Un renard s'est approché, s'est inquiété de mon état. J'ai perçu de l'amitié dans ce geste. J'ai ressenti une espèce de chaleur.)

Sweetie, ne pas oublier :

1. Le corps. Comme s'il n'y avait plus moyen que de parler de ça.

2. Je vois mes mains aux contours de chairs masculines. Je cross des parcours montagnes russes aux chairs amies. Les essieux de mes articulations ne grincent pas. Les poils, arbustes, cèdent sous mes passages. Mes membres sont les autoscooters téméraires de la feria des pores.

3. Grand-Pèremort a des pieds d'éléphant qui danse. Du tango, de la lambada, des slowmotions. Il n'y a pas d'autre nom, ce sont réellement des pieds d'éléphant.

4. Un jour. Avec Grand-Pèremort, on a frôlé la noyade. Dans l'étang, sous la tempête. Par amour fou, par insouciance propre à l'enfance, par impulsif appel de se fondre dans les liquides de la Nature.

5. Il me reste trop de livres à lire. Ceux des poètes. Des philosophes. Des scientifiques. Tous les autres. Tant pis. Je sens. Je plonge mon nez dans des périnées. Je mélange ma salive aux os. Mes mains se boursouflent. Mon genou éponge.

6. Après la quasi noyade avec Grand-Pèremort, on a regagné la terre. Saouls des turbulences, fêlés d'amour, je regarde ses pieds s'enfoncer dans les herbes ; je vois ses mollets formidablement galbés. Je pense aux gigots des agneaux. J'ai de l'amour fou pour cette image-là.

7. On dit, enfin, certains disent et croient que l'âme de chacun a vécu d'autres vies antérieures, d'autres passages dans d'autres corps. J'ai entendu dire que mon âme est une vieille âme d'Egypt, ayant sillonné beaucoup de corps. J'aime entendre que mon âme en sait plus que ma conscience ne croit en savoir.

8. Je est un autre. Connais-toi toi-même. J'écris le « je », je me vautre dans le « je », comme on se frotte au rugueux de l'arbre, comme la chienne écrase son poil au gras de l'herbe. Je jubile des « moi ». Éparpillés dans le grand tout.

9. Je vois le monde. Je vois des forces malignes. Je vois la vie écrasée. L'oxygène se raréfier. Les fruits irradiés. Les cancers aux corps.

10. C'est giga que le sms soit arrivé. Je l'avais rêvé. J'effectuais d'interminables voyages en train, livrée à une solitude parmi des corps non-amis, des cris d'enfants, une oppression à la vitesse TGV, trains de nuits, arrêts subits en rase campagne... J'étais le corps renfrogné dans un entonnoir no man's land. Là, je l'avais rêvé, le sms.

11. Jouir, faire jouir. Sans faire de mal à soi-même, ni à autrui.

12. J'aime l'idée que les choses existent avant leur soi-disant début. J'aime l'idée que les choses existent après leur soi-disant fin. Les choses, je veux dire, les êtres, l'amour, le livre.

13. Il y a des corps qui ont la transparence des peaux d'enfant. Leurs allées et venues dessinent des graboujas orange, jaunes et roses, des néons

serpentins, des éclaboussures de grenades (le fruit). Faire l'amour avec ces corps.

14. Il y a des plantes qui s'auto-fécondent. Il y a des plantes qui ont besoin des abeilles. Il y a des machines qui fécondent les animaux. Ton sexe.

15. 1er mars 1919, Wilhelm Rrreich, dans son journal : « En me fondant sur mon expérience et en observant les autres et moi-même, je suis parvenu à la conviction que la sexualité est le centre autour duquel gravitent non seulement la vie intime de l'individu mais aussi toute vie sociale. »

Humpffffff
Sweetie, ne pas oublier.
Bon j'en étais où, déjà :

Je suis là, près de l'étang, j'ai tous ces mouvements qui gigotent en moi. Et je crois bien que c'est là que l'histoire du Poney a commencé. Je ressens comme une désorganisation de mes engrenages, des dislocations de vertèbres, des arrêts de machinerie, des glandes en sous-productivité... De drôles de trucs. Oui, ça doit être là que l'histoire du Poney a commencé.

Au début, on n'a rien remarqué. D'ailleurs, on était trop occupés à enterrer Grand-Pèremort et à régler tout ça.

Je me souviendrai toujours de ce petit matin dans l'église du village. Ça sonnait le glas. Le curé racontait des trucs d'anges comm' d'hab' et surtout que nous n'avions qu'à nous réjouir car Grand-Père dedans le ciel était en train de manger son pain blanc. On m'a obligée à m'asseoir au premier rang avec mes Parents et Mamy et toute la Famille. Mamy dit tout le temps : « Ce n'est pas possible, ce n'est pas possible. » Je me tourne vers le fond de l'église, là où Grand-Père et ses amis fermiers avaient l'habitude de rigoler mais ses amis rigolent plus du tout et doivent certainement tous se poser la même question : « Qui d'entre nous sera le suivant ? » Je croise le regard de l'ouvrier qui n'en mène pas large. Je repense à la scène de la mort du cochon ; je les revois, lui et Grand-Pèremort, devant la dépouille de l'animal. Trio d'êtres. Cette fois, c'est nous deux face à Grand-Pèremort. La roue tourne... Est-ce qu'un cadavre de cochon pourrait tenir dans un cercueil ? Bon, quatre jours que Grand-Pèremort est mort, il doit en être au stade où son cadavre est déjà redevenu tout mou, où des taches vertes de putréfaction sont apparues sur son abdomen et sont en train de s'étendre à tout son organisme. Et tout ceci ne doit pas sentir très bon.

Le cochon, lui, a déjà été réduit en côtelettes et jambon... Je me demande si je ne vais pas arrêter de manger de la viande.

Plus tard, après la mise en terre, nous sommes rentrés à la ferme et on a mangé des sandwichs d'enterrement, tu sais, ces petits pains fourrés au fromage, au jambon, avec des cornichons etc. ; je me suis dit que comme je risquais d'avoir beaucoup d'autres enterrements dans ma vie, je pourrais entamer un classement, genre guide Michelyn, des meilleurs sandwichs d'enterrement. Avec commentaires, photos et étoiles, que je posterais sur Instagraaam, ça m'occuperait l'esprit. Puis le ton a monté parce que les convives ont versé dans des doigts de sherry et dans de la bière. Et ça riait gras, ça blaguait, ça perdait toute Britch prestance. Je me demandais si cela faisait plaisir à Grand-Pèremort. Pas à moi, en tout cas. Indécence. Je suis partie me réfugier dans le silence des animaux de la cour de la ferme. Mais tout y semblait trop calme et trop silencieux. L'ombre de Grand-Pèremort caresse les vieilles briques et dépose une poussière âcre et terne. Que de larmes, que de larmes je verse, que d'eaux salées... Mais je n'oublie pas que pleurer épure l'organisme des substances chimiques provoquées par la tension nerveuse, et qu'au final, pleurer, ça fait du bien, dit l'*Anthology* de Maman.

C'est là que la bête est arrivée

Toute blanche, un ange
Échappée de l'étable
Hagarde, me regarde
Son pelage, comme un mouchoir à mes larmes
Et je repense aux mots : « Animal = être vivant
doué de sensibilité »
On dirait qu'elle me sourit
Je la reconnais, c'est Lawrence (les animaux de
notre ferme ont tous un petit prénom distinctif),
Lawrence, jeune vache un peu sotte et nullipare
autrement dite « génisse ».

Tout à coup, retentissent immenses mixes de castagnettes et de guitares rêches... Des parfums de jasmin supplantent les relents de purin... Et je comprends. Lawrence m'invite à un paso doble. « Lawrence, tu fais l'homme ou la femme ? » Lawrence m'empoigne fermement la main puis les hanches et m'élance sur la piste de danse ; je comprends, elle fait l'homme. Une armée d'autres castagnettes débarque de je ne sais où... Des parfums d'orangers, des bouffées d'air tropical... Et Lawrence sent bon l'eau de Kologne des papys de La Spagna... On claque nos sabots, on se parallèle, on s'encastre, on virevolte, on saute, on tournoie. Lawrence va même jusqu'à me susurrer des trucs un peu salaces que je n'y comprends que dalle en Spanich. Palmiers, perroquets, agaves, cactées, oiseaux de paradis, figuiers... Nos corps agissants, dans vrai décor de film Almodooovarien. Et j'oublie les vieux fermiers se saoulant dans le sherry et j'oublie leurs rires gras et huileux et j'oublie le goût du cheddar et l'acidité des cornichons... Je me donne à la danse de Lawrence et à ses mains qui sculptent mon corps ; la chaleur de la musique me monte au septième heaven.

Puis l'ouvrier a surgi. Il a hurlé des bazars incompréhensibles en voyant Lawrence dans mes bras, a saisi la fourche à trois dents et il a vachement menacé Lawrence, a tapé sur son dos de bête qui, elle, s'est mise à s'agiter et à beugler. Et ça tapait, tapait, j'ai cru qu'il allait la tuer ! Lawrence surexcitée a commencé à se révolter telle une taureau dans l'arène, elle s'est cabrée comme un vrai cheval et a agité ses pattes avant au-dessus de la tête de l'ouvrier. C'était vachement beau et impressionnant, ces sabots qu'elle secoue comme des poings de kangourou. Et au final, elle a cogné un gros beignet sur la caboche de l'ouvrier qui s'est écroulé. Il me semble l'avoir entendue marmonner un truc comme « Bien fait pour ta tronche, être soi-disant humain doué de soi-disant sensibilité... »

Voilà, l'enterrement de Grand-Pèremort, c'était bizarre. Et le plus triste dans tout ça, c'est quand ils ont fermé le cercueil. Le cadavre de Grand-Pèremort avait été installé dans la salle à manger pendant plusieurs jours. C'est pas chouette de voir le visage d'un mort, surtout quand c'est celui de Grand-Dad, à l'endroit où nous avions célébré tant de fêtes de famille. Et tout le monde est venu rendre visite ; toutes les vieilles Tantes de la Holy Maria, celles avec des poils sur le menton et leurs maris qu'on dirait des sangliers. Ça n'en finissait pas, ils arrivaient de partout. C'était un cortège de vieux masques Ensooor, gémissant pour l'occasion, contrits de torsions de bouches aux lipsticks bavants rose fuchsia et de mouchoirs à la main, geignant des « I am so sorry, Darling... » On me caresse les cheveux, on me fait des gros baisers qui sentent la vieille salive, on me tord les joues et, malgré mon chagrin, je suis obligée de faire des ronds de jambe à tous ces faciès de kermesse. Durant quelques jours qui me parurent des siècles. Puis est venu le moment de la levée du corps. Et ça c'était terrible. Quand un être qui a vécu toute sa vie dans un même lieu s'en va pour ne plus jamais revenir, même les briques hurlent de douleur, et les chambranles et les poutres et les parquets et les clés de voûte. Et les tables et les armoires et les lits. Et les couverts et les assiettes. Le domaine semble prêt à s'effondrer en larmes comme un jeu de cartes. Le capitaine quitte la caravelle, le chef Viking jette l'éponge. Ma sensation de perte d'équilibre fragmente mon corps en mille pièces...

Voilà ce qui me fut la souffrance la plus aiguë dans ces jours d'enterrement de Grand-Pèremort. Et la déperdition de Mamy dans tout ça ! Son pauvre dos voûté et ses yeux totalement vidés. Je comprenais sa douleur de femme qui n'a jamais vécu qu'au travers de ses enfants et de son mari… Là, elle perd tout ce qui la rattache à la terre. À partir de cette période, je l'ai toujours connue avec une petite goutte pendant au bout de son nez. Et de marmonner : « Ce n'est pas possible, ce n'est pas possible. » En effet, la ferme sans Grand-Père semble surréelle. Oui, c'est là que l'histoire du Poney a commencé.

Bon.

Je commence à trouver
que cette histoire manque cruellement de sexe
Thanos Thanatos   ahahahahah
Faut toujours un peu de cul à un moment du roman, non ???   Chatouiller la libido du lecteur   Dire que dans cet état de courgette molle, je ne pourrais même pas me branler un peu

Pfffff
Qui sait, est-ce que j'aurais néanmoins la possibilité de jouir ???
On jouit dans ses rêves, non ? Sans intervention mécanique ???
Rooooh oui, du sexe

Ah, ceci d'un auteur dont j'ai oublié le nom : « Masturbation, l'unique façon de faire l'amour avec quelqu'un qu'on aime VRAIMENT bien »
Ahahahahahahahahahah

Arrête Sweetie

Ahahah, une bonne branlette

Oh, tous ces morts

Célébrons la vie

Enfin, ce qu'il en reste

Crevette lyophilisée va !

Algue nori !

Vieille croûte inerte au fond d'un plumard

Que va-t-il advenir de toi, Sweetie Horn ???

Poney va ! Rien qu'un Poney tout mou ?!!

Nom d'un turbot, donnez-moi du sexe, du
sexe et du sexe

Allez, au moins une histoire, alors

Attends

Ah

Oui

Quand, un soir, j'espionne
à nouveau mes Parents par la trappe :

Cela doit être peu de temps après la mort de Grand-Père. Dans le living-room, Maman glousse. Papa lui dit des trucs.

– Tu sais, il paraît que si chaque être humain dessinait la perception qu'il a de son corps... On obtiendrait un horrible carnaval de monstruosités...
– Ah bon, répond Maman. Tu as lu ça où ?
– Oui, il paraît... Chez une Frenchye. Par exemple, my Darling, comment dessinerais-tu tes pieds ?
– Mes pieds ??? M'enfin, je n'y ai jamais pensé !!!... Eh bien, au nombre de deux, ça c'est sûr ! (ils rient) Mes pieds, euuuuh, mes pieds, ben d'canard, tiens ! (ils rient)
– Et tes mollets, Darling Darling ?
– Mes mollets ??? Ben d'vieux cycliste Hollandddais ! (rires et rires)
– Et tes genoux ?
– Mes genoux ?!?... Cailloux cabossés et cagneux de Stonehenggge !!! (ça pouffe)
– Et tes cuisses ?
– Ah mes cuisses, ça c'est sûr : cellulitiques ! (id. et encore plus)
– Et ton sexe ? (long silence, puis :)
– Je passe !
– Tu passes ??? Mais non !!!??? Pas possible... Tu passes ton sexe ? Nooooon, tu veux que je le dessine, moi, ton sexe ???

– Non, non, s'il te plaît, tais-toi, cela ne
   m'amuse pas du tout, tu deviens lourd...
– Mais si, écoute...
– Tu te tais, tu te tais, please, tu m'énerves !
– Calme-toi, regarde l'état dans lequel
   tu te mets... Je te demande simplement
   comment tu dessinerais ton sexe...

Ici, il y a un très grand silence durant lequel,
je suppute que Papa use d'une technique d'approche dans les zones de linge intime de ma Mère.
J'entends des retournements de corps, des zips et
dézips, des ceintures qui cognent le plancher de
bois... Puis des murmures, des râles et des râles,
des souffles lourds, des sons de bête sortant de la
bouche de Maman. Puis Papa qui dit « I love your
pussy, Darling, I sink in it, I lick it, I can smell the
perfume of your tiny lips »... Maman enchaîne
des « Yeah yeah »... Et tout ce brouhaha dure
longtemps. Je sens des velléités de masturbation
enfantine me titiller mais la mort encore proche
de Grand-Dad ankylose mes membres. C'est ça la
mort, ça te dépose une espèce de poussière lourde
dans tout ton corps. Aussi, je me contente de me
laisser bercer par les onomatopées de mes Parents
et de trouver ça joli. Quand la situation retrouve sa
normale, Papa poursuit :

– Ok. Donc, ça c'est pour le sexe. Mais ton ventre,
   hein, comment tu le dessinerais, ton ventre ?

- Euuuuh, attends... Bocage vallonné et
  boueux du Pays des Galles... (léger rire)
- Et ton nombril ?
- Ah. Cerise confite au sommet d'un de
  tes gâteaux, Honey... (rires et rires)
- Et tes seins ???
- Vieux gants de toilette effilochés
  de chez Prymarck.
- Et ton cou ?
- Ah, ça, mon cou... Très beau. Très long et très
  fin. La partie la plus réussie de mon anatomie.
- Et ta tête ?
- Eeeeeuuuuh... Face de cake trop
  cuit et avarié... (ça glousse)
- Un vrai monstre donc ??!!??
- Oui, c'est ça. À peu près...

La suite, je ne sais pas ce qu'ils ont raconté, peut-être ont-ils refait l'amour. Je me suis endormie. Des images un peu terrifiantes des descriptions des parties du corps de Maman flottaient dans mes rêves. Il y avait un gros sexe turgescent, certainement celui de Papa, je ne sais, je ne l'ai jamais vu bander et je préfère pas voir. Donc, un gros sexe fourrait les paysages dévastés du corps de ma Mère et elle hurlait des trucs en Spanych en frappant le sol de sa main et quelqu'un l'aspergeait d'écran total. Puis des corps entièrement nus défilaient dans le ciel. Je me suis réveillée en pleine nuit, en nage...

Mes draps inondés de sueur ou de sécrétions, je ne sais. Le sommeil ne revenait pas, alors j'ai moi-même imaginé comment je dessinerais mon corps. J'essayais de ne pas être influencée par tout ce que Maman avait dit du sien et de vraiment vraiment me concentrer sur mes images à moi. Au final, je ne me trouvais pas si vilaine que ça, en fait. Des images de fromage frais me traversaient la tête, des paysages infinis de petits trous dans du tissu soyeux, ma peau et mes pores, des crevettes fraîches et roses, mon sexe, mes fessettes rebondies comme des balles de cricket, et mes mains... Oh mes mains, les jolies tentacules souples des poulpes. Non, non, finalement, tout est assez joli en moi et je n'afficherai pas mon portrait dans une galerie de monstres.

Là, qu'est-ce qu'encore que mon corps ?

À partir de quel degré de dégradation peut-on appeler ce corps un non-corps ?

Mais bon, cela ne m'empêche pas de vivre quelque chose, de penser, de rêver, d'espérer, d'attendre   D'avoir envie de crever wouai

Car cela ne peut pas durer des années, là

Je ne vais pas pouvoir me raconter des histoires encore pendant des décennies

Vont trouver, ces médecins, vont
me sortir de là, j'en suis convaincue
Allez allez, les gars, on se dépêche

On est au 21e siècle oui ou merde ?
Come on come on move your ass

Tiens ?
On bouge dans la chambre, la porte s'est ouverte ?
Des voix

Ces voix ?!?   Masculines

Je les reconnaîtrais entre toutes !!!
Mes Frères

Oh mes petits Frères
Mes Jumeaux que j'adore, je vous ai tant
détestés

Oh vous êtes là
Oh comme cela me fait plaisir
Cela me touche plus que tout au monde
Nous voilà tous réunis, Papa, Maman et vous
C'est très rare de nous rencontrer tous ensemble
Oh, j'aimerais tant pleurer   Pleurer pleurer de
vraies larmes, de vraies larmes de joie, avec du
vrai liquide, traçant de vrais sillons dans ma peau

de vieille   Oh nom d'un rat, qu'est-ce
que j'ai détesté vieillir
Qu'est-ce que j'ai détesté ces sensations de corps
qui se déglingue   Ces peaux qui
t'échappent, ces os devenant friables, ces muscles qui te font mal et tu ne sais pas pourquoi, ces
aigreurs d'estomac, ces mains boursouflées
Ce visage dont les contours se tordent
          Ce masque que tu découvres un matin dans le
          reflet du miroir, ce masque d'un visage qui ne
t'appartient pas et qui pourtant est le tien, ces plis,
ces replis dans les plis   Avec lesquels tu dois vivre
jour après jour   Oh je veux crever

          NOOOOOOOON

          Je ne peux pas crever   Les enfants ne
     peuvent pas crever avant leurs parents
               Cela devrait être interdit
               Faut leur dire à ces jeunes cons

     « Crevez APRÈS vos parents, bande de nazes »

Oh les cons, les cons

               Trop dur d'enterrer son enfant

141

Oh mes Jumeaux, je revois
leurs petites gueules de singes quand ils étaient
petits, si souples, si malicieux, fondus l'un dans
l'autre
Et moi, leur grande sœur en
meneuse de cirque
Oh les cons, on s'est bien marrés

Cela me touche tant de les savoir là
Il me semble que mon émotion remue
quelque chose dans mes entrailles ?

Oui

Est-ce que mon œil gauche n'aurait pas un peu
cillé, là ?
Ou même, une VRAIE larme n'est-
elle pas en train de couler ?

Ou alors, je rêve ? Je rêve ?

Pouvoir de l'esprit

De mon putain de trop d'imaginaire d'autrice
Mais oui, osons le
mot « Autrice », les gars ?!!
Ce joli mot qu'à un moment opportun les
académiciens de la « belle langue » ont habile-
ment supprimé   Quand la fonction d'auteur

devenait prestigieuse et qu'ils la réservaient exclusivement aux hommes

Ah les cons ah les gros cons

Et moi, putain putain, je dis « autrice » !!!!!
Même à la mort, même en l'état de
crabe lyophilisé, je crie « autrice » !!!!!!
Ah les putains d'académiciens !!!!
Va bien falloir un jour la gober complètement cette parité homme-femme bande de cons,
hein   Pourquoi certaines fonctions ne seraient-
elles réservées qu'aux hommes ??? On n'est plus
au Middle-Age, bande d'enflures, oh les grosses
enflures !!!!

Oh putain purée, je me boirais
bien une Guinnesssss là, ont pas amené un bac,
mes Frangins ?   Allez, qu'est-ce qu'on fout ????
Qu'est-ce qu'on attend pour faire la fête ?
Qu'est-ce qu'on attend pour être heureuuuuux ??
Allez donnez-moi une bonne ligne
de blanche, là, un truc qui dépote, qui réveille ma
couenne endormie
Je veux danser la vie, je veux danser,
danser dans mon vieux corps de morue séchée, je
veux faire des pieds d'nez à je sais ni qui ni quoi

JE VEUX JE VEUX JE VEUX

Pffffffff

Qu'est-ce que j'ai encore à échanger avec ce monde-là ?????

Ok   C'est décidé   Je jette mon tablier
            Les journalistes peuvent VRAIMENT
préparer leurs notes nécrologiques (de préférence
longues hein les cons !)

Et toi, petite Maman,
prépare tes mouchoirs
            Tu vas devoir en bouffer
des petits choux

            Oh mes Frères, pouvez pas
faire moins de bruit, là   Vous voyez pas que
je suis concentrée ????   Y a quelqu'un qui crève, là

Jeunes cons, va !
Je l'avais pourtant bien prévenue ma Mère, de
s'acheter un IVG pour zigouiller ces deux larves

Oui, je crève

Je suis en train de crever

Il me semble que mes pensées deviennent de plus en plus laborieuses, que mon flux vital s'estompe, ça doit être ça   Je crève

Mais j'y pense ?

Si même mes Frères ont fait le déplacement C'est peut-être parce que je vais VRAIMENT crever ?????????

Qu'ils ont pris une décision, je sais pas moi, genre arrêter tout acharnement thérapeutique ?!?!

Oh, non, non, les gars, me laissez pas, ne touchez à rien, à aucun de ces tuyaux qui me maintiennent à la vie   Je vais revenir, je jure, me concentre, fais tout pour, j'y suis presque, là N'arrachez rien, ne faites rien sans l'avis des médecins   Laissez-moi, laissez-moi
Je suis en marche, en route, en redevenir
Je vais me refaire, c'est sûr
Vas-y Sweetie Horn, ressaisis-toi
Allez, allez, tu débloques
Reprends tes esprits
Ton Anglich prestance
Sweetie
Be quiet
Honey
Be gentle

Be gentle with yourself

Geeeentle

Pense aux yeux de Grand-Dad, là

Ta petite odeur inter-fessière

Les soirées heureuses avec Maman et Papa

La Spagna

Et que ferait Mary à ta place ?????

Aaaaaah tu as pensé à ça ?

Que ferait Mary à ta place dans ce lit ?

Oui, eh bien Mary, oui, elle se dirait, oui, qu'elle a bien de la chance, qu'elle est en train de vivre une expérience unique, une expérience d'état de « pur esprit », détaché des vicissitudes de la vie terrestre (un état qui intéresserait les philosophes)

Et elle ne désespérerait pas, elle, elle mordrait sur sa chichique

Oui, Mary, je pense à toi et tu me donnes de la force

Oui, ce que j'ai à faire ?????? C'est de me concentrer sur ce livre à écrire et que je publierai dès que je serai sortie de ce fichu coma

Voilà, on y est

WWWWWWWWWWWRITE, Sweetie

JJJJJJJJJJJUMP, Poney :

La période après la mort de Grand-Père fut magnifique. C'était toujours l'été. Un été particulièrement chaud aux vents chargés d'effluves presque tropicaux. Tous les Enfants de Grand-Dad se sont fédérés autour du travail quotidien de la ferme familiale. Toutes et tous, sans exception. Ça travaillait de partout : le foin, les animaux, la traite, les vêlages... C'était idyllique. Notre Famille était unie comme jamais. Et cela me donnait une force titanesque de sentir les liens de ma tribu. Mon clan était comme une seule et unique grande personne... Une pieuvre géante aux tentacules multiples. Ça sentait bon le soleil, ça sentait bon la vie, ça sentait bon la joie. Je me levais euphorique, je me couchais euphorique, je dormais euphorique, je rêvais euphorique. Même Maman, la fille de la ville, est venue et a mis ses belles mains de médecin à la pâte. Moi, je dirigeais les opérations puisque je connaissais le terrain de A à Z. Maman était fort impressionnée. Et le soir, on mangeait tous ensemble, avec les Cousins et Cousines qui couraient joyeusement autour de la table. On sentait un peu tous la vache, mais on s'en foutait. Notre ferme était heureuse comme celle de la Famille Ingaaals de *La toute petite maison dans la prairie*... Oui, c'est ça, nous étions comme une famille heureuse d'un feuilleton Rikain. Lors des repas, nous restions à table durant des heures (sous l'œil d'un des grigris religieux de Mamy : le Krist sur la croix, ce bête Krist, ce bête moche corps tout pourri, symbole morbide de toute une religion, quand je pense aux cultures Indiaaans et leurs dieux qui ont les traits d'animaux rigolos, ça change de « ton »). Les discussions allaient joyeux train, les Frères et Sœurs abondaient d'anecdotes familiales, sans jamais se quereller. Vraiment, Grand-Père ne nous manquait pas ; j'irais même jusqu'à dire que c'était mieux sans lui. Sans la figure du patriarche tout-puissant aux mœurs surannées blablabla... Enfin bon, c'est un peu sacrilège de dire ça.

Mais à la fin des vacances, les choses ont peu à peu changé. Tout le monde a repris l'école et ses activités professionnelles. Et au final, dans la ferme, il n'y avait plus que Mamy et moi (la femme de l'ouvrier venait de mettre bas et il était aux petits soins). Je restais souvent loger à la ferme durant la semaine et Mamy me conduisait à l'école dans sa Llland Rover après avoir terminé les ouvrages du matin dans la cour. Je profitais de ces cieux d'aube de fin d'été pour y couler tout mon être... Mais ce rythme a commencé à me fatiguer très très très fort ; j'ai de plus en plus de difficultés à me lever à 5 heures du mat. Je vois des gros cernes modifier ma carnation. Petit à petit, l'odeur des fumets de la ferme s'incruste dans mes pores... Mes petits camarades de classe se moquent de moi. Faut dire que je n'ai pas vraiment le temps de m'adonner aux plaisirs du bain tous les jours, voire même toutes les semaines. Et puis, arrive le jour de la visite médicale, le jour du Poney, devrais-je dire... Oui, c'est ça, le jour du Poney.

Bon, l'auscultation se passe super bien, les tests cognitifs super bien, idem la pesée. Mais quand le médecin, qui sent particulièrement la cigarette, me mesure, il tique. Il me re-re-mesure, là, au beau milieu de la pièce, frêle comme un ver dans mes linges blancs passés (et comme j'avais oublié qu'on avait visite médicale ce jour-là, je n'avais pas changé de chaussettes, alors j'essayais tant bien que mal de camoufler le gros trou à hauteur du gros orteil droit), mesure, me re-re-re-re-me-sure il me, et il n'arrête pas de jeter ses yeux dans mon dossier médical, comme s'il y avait un problème incroyable ou anomalie ou que sais-je. Il me demande si je me rappelle combien je mesurais l'année dernière à la même époque et comme j'en sais foutrement rien, il me demande « 1 m 49 ? » et moi je sais vraiment plus, alors il appelle illico ma Mère. Je me demande bien ce qu'il peut y avoir de si grave avec ma hauteur pour que le médecin, qui sent vraiment très très très fort la clope, dérange en pleine journée ma Mère à son boulot :

– Madame Horn ? (j'entends
   pas la voix de Maman)
– Excusez-moi de vous déranger, ici le
   Docteur Hands de l'école de votre fille
   (je devine que Maman doit avoir une

réaction d'inquiétude et la trouille bleue
de recevoir un tel appel en plein service)

– Non, non, ne vous inquiétez pas, Madame,
rien de grave, enfin, j'espère, euh non je veux
dire, non non non, je suis en train de prendre
la mesure de votre fifille ici, lors de sa visite
médicale annuelle et il me semble qu'il y a
une erreur, enfin, j'espère, enfin, sinon, de
ma vie professionnelle, je n'ai jamais vu ça,
enfin bref, vous souvenez-vous de sa hauteur
mesurée lors de sa visite, il y a un an ?

– ????

– Mais non, c'est parce qu'ici, bon, il doit y
avoir une erreur, comme je le disais... Elle
mesurerait moins cette année qu'il y a une
année, mon collègue a dû se tromper, vous
le savez aussi bien que moi, Chère Doctor
Horn, l'erreur est humaine. Yeeeees ?

– ????

– C'est bien ce que je me dis, cela me
paraît impossible... IM-PO-SSI-BLE !

– ????

– Ah mais oui, oui, oui, bonne idée !... C'est
vrai que nous, Parents, faisons tous cela (en
plus de poster des photos de nos moutards
sous toutes les coutures sur Faceboooook),
noter au crayon les mesures de nos enfants
sur les chambranles des portes de la cuisine...
Oui, c'est vrai ! Oui, oui, c'est toujours
très émouvant indeed, c'est que ça pousse

comme des mauvaises herbes ces petites têtes blondes-là, oui, dans votre cas, je dirais plutôt, ces petites têtes rousses-là hein, c'est qu'elle est bien rousse hein, votre Sweetie !!! (de quoi il se mêle, le con, je me dis) Mais très bien, très bien, très bien, appelez votre mari. Merci dites, j'attends de vos nouvelles.

– ????

Le docteur raccroche. Me regarde d'un œil dubitatif et marmonne un (comme si je ne l'entendais pas) : « C'est vrai qu'elle n'est pas bien grande pour son âge... » Puis m'ordonne de remonter sur l'engin à mesurer et reconfirme : « Mais oui, c'est pourtant bien ça, 149 cm. » Comme Maman ne rappelle pas tout de suite, il me demande plein de trucs, si je mange des légumes, si je fais du sport, si je suis déjà régulée... Me voilà bien obligée de répondre que oui, non ? Oui. Et je sens que je rougis et que le Docteur le remarque mais heureusement le cri du téléphone déchire notre malaise général. Et c'est Maman...

Voilà, voilà, voilà, c'est là que l'histoire du Poney a commencé. Parce que l'inscription sur le chambranle de la cuisine de Maman de l'année dernière disait que je mesurais 151 cm. Et la note du Doctor Hands disait ça également. Donc, moi, Sweetie Horn, entre 9 et 10 ans, en pleine croissance, je viens de perdre 2 cm. Et ça, ce n'est pas du tout du tout du tout normal. On est bien in the big shit. Oh là là là là.

Alors ma Mère se met à se déchaîner et m'envoie chez un défilé de médecins, endocrinologues et tout le reste. Tout ça me prend une énergie folle. Médecins, ferme, école, ferme, école, médecins. Trop trop trop pour une (très) petite fille. Je sens mon énergie vitale se déliter. Je vois mes cernes s'approfondir. Et la Vieille est dans le même état que moi. Son dos se courbe encore plus, ses dents brunissent encore plus et la goutte au bout de son nez semble figée à tout jamais dans sa suspension. Et le pire, c'est qu'elle devient acariâtre et n'a de cesse de m'accabler de reproches sur la qualité de mon travail. « Plus vite, plus fort, encore, encore, pas assez bien, pas assez parfait, allez, plus vite, plus vite », répète-t-elle à longueur de journée. Et quand elle apprend que j'ai arrêté de grandir, c'est du bingo pour elle ! Elle hurle de rire, mais tu sais, d'un rire gras, un rire de vieille sorcière, de vieille hyène super méchante. Et elle dit : « 149 cm... Ahahah ! Comme un poney !!!! (elle a lâché LE mot), un poney ! Ahahah Sweetie, tout petit petit Poney ! Te voilà Poney ! Allez allez, saute Poney (si tu peux) ! Allez allez, cours Poney (si tu peux) ! »

Et je vois trop bien ce qu'elle veut dire. Je sais très bien, comme elle sait très bien, qu'un cheval, jusqu'à 149 cm est appelé « poney » ou « petit cheval » et qu'au-delà de 149 cm, le cheval est appelé cheval...

Voilà. C'est à cet instant-là que je réalise que moi, Sweetie Horn, descendante de George Horn, DU George Horn, Queen de la ferme du Pays des Galles, Queen de l'allée, Queen de l'étang, future propriétaire d'un cheval... Eh bien moi, Moi, Moi, Moi, je ne serai peut-être de ma vie, jamais QUE Poney. Vulgaire Poney, sous-cheval, sous la normale, sous-cheffe, sous-fifre, sous-dessous, sous-rien, sous-nothing... Toujours sous. Et la Vieille hurlant de rire et me susurrant aux oreilles des « Poney Poney »... Elle manœuvre si bien, la chienne, qu'au final, TOUT LE MONDE se met à me nommer Poney. Parce qu'une petite fille que l'on surnomme Poney, ça fait joli, c'est mignon, nickname, c'est bucolique. « Tout ce qui est petit est joli », on me dit. Et je déteste ça. Ce sobriquet d'enfer. Je me mets à haïr mon petit corps, à haïr mes toutes petites jambes. Je repense à l'épisode du dessin du corps de Maman, et maintenant, mon corps à moi, je le dessinerais comme un petit truc sans consistance, un machin sans colonne verté-brale, sans charisme, sans envergure, un sale petit quéq'choz rikiki, une erreur, un cafard, une insi-gnifiance, un caca, un vide.

Les médecins de Maman ont beau me faire ingurgiter une foule de gélules et de remèdes... rien n'y fait. Comme si mon corps, mon sale corps avait décidé tout seul de ne plus bouger. Et chaque contrôle de ma hauteur me met dans un état de stress total. Quand Maman me « propose » de me coller au chambranle de la porte de la cuisine, je sens mon sang se figer dans mes tempes, je suis en crise de tétanie, mais je fais comme si de rien n'était Anglich prestance et je m'exécute.

Me colle au chambranle.
Maman approche.
Main et crayon.
Je sue.
J'étire ma colonne vertébrale un max.
Maman le perçoit.
Tique.
Je cesse.
Je sens les marques de mesure de mes Frères rattraper les miennes.
Et le couperet tombe.
Pas grandi d'un millimètre.
C'est l'horreur.

Je suis dans le même état qu'une grosse fille qui essayerait tout le temps de maigrir. Sentiment de honte vis-à-vis de ma Mère dont le sourire de circonstance se mute en moue pleine de désespoir. Échec. Ratage récurrent. Et une phobie gonflant au creux de mon ventre…

Alors, j'agis. Je m'étire un max. Je me laisse pendre par les pieds aux barres des lits superposés des Jumeaux, tête en bas, jusqu'à ce que mon visage devienne bleu de sang. Parfois, je fais même ça à la fenêtre du dernier étage. Ou je m'assieds sur un mur du jardin et laisse pendre mes jambes dans le vide. J'y accroche les poids d'haltérophilie de Papa. J'ai super mal. La pesanteur déchire mes muscles et mes ligaments. Je boite légèrement. Mon travail de la ferme pèse de plus en plus douloureusement. J'ai des insomnies. Des angoisses. J'ai des visions en plein jour. Des visions de corps découpés, des membres solitaires voguant dans des eaux huileuses. J'attrape des boutons bizarres sur le visage, certainement à cause de l'armée d'hormones que l'on me fait ingurgiter, un peu comme si je sortais de Tchernobyyyl ou d'un futur Thiaaange. À l'école, je ne parviens plus à me concentrer, je m'endors en plein cours de sciences (mon préféré). La masse de travail à la ferme semble un puits sans fond où je déverse paquets de larmes et de sueur. La Nature se met à me cribler de toutes sortes de liquides glaciaux et piquants dans ses automne et hiver, ce dernier semble le plus froid depuis bien des années. Mon nickname « Poney » transperce mes tympans comme une épine d'acacia le papier de soie. Puis il y eut un drame qui poussa le bouchon un peu trop loin à mon goût.

C'était un samedi soir. Déjà, j'étais un peu troublée car Maman venait de m'appeler pour m'annoncer la mort du petit cancéreux Johnny. Je revoyais ses yeux, son teint de foie cirrhosé et son humour redoutable. Je pensais à la Maman de Johnny. Je culpabilisais aussi, peut-être j'aurais dû répondre à ses avances, voilà que Johnny mourrait très certainement vierge. Ce soir-là, Lawrence, ma jeune génisse nubile et préférée qui m'avait défendue de l'ouvrier lors de l'enterrement de Grand-Dad était sur le point de vêler (tiens, d'ailleurs, on pourra appeler son petit veau « Johnny » en guise d'hommage, ricanais-je cyniquement). Au coucher, je programme mon réveil en forme de pomme afin de veiller régulièrement sur l'avancement du travail de Lawrence. Je ne sais pas ce qu'il s'est passé. Ce réveil en forme de pomme verte n'a jamais sonné le con. Comme si les objets du quotidien s'acharnaient, eux aussi, à me mettre des échardes dans les pieds. Donc, je ne me réveille pas. Je dors profondément bien pour une fois. C'est la Vieille qui me réveille à 2 heures du mat' en m'insultant. Je pousse un cri d'effroi. La Vieille m'engueule si fort, si fort, me traitant de « Poney incapable, Poney nul, Poney fainéant, Poney débile », puis part se recoucher. J'enfile mon costume de fermière et mes bottes Eeeagle pointure 34 (c'est minus, je sais) et je fonce dans la cour. Le très très noir de nuit gelée d'hiver me mange le visage et pendant un instant, je souhaite qu'il dévore mes boutons de Tchernobyyyl et de futur Thiaaange. J'approche de l'étable où j'avais isolé Lawrence, l'enfant Jésus dans sa crèche, ma chérie, son premier accouchement, comment ai-je pu la laisser ??? et j'entre dans l'étable... Purée, quelle vision d'horreur : champ de bataille rouge carmin. Chairs bleuies. Paille tressée de jaune et

de caillots. Bataclaaan de November. Waterlooo.
Mon moral tombe en enfer... Lawrence est morte.
Son veau également. La moitié inférieure du corps
coincée dans l'étroitesse de l'orifice de sa Mère. Le
visage pendant dans le vide. La mère sur le flanc.
Oh Lawrence, MA Lawrence, ma Sœur, mon amie,
ma douce. Toi qui avais toujours le mot juste pour
me consoler. Toi qui étais pleine de joie et d'humour. Toi qui savais faire l'homme autant que la
femme... Je tombe les genoux dans la paille et le
sang et je hurle, je hurle, je hurle. Je hurle au ciel
(auquel je ne crois pas), je hurle à Grand-Père (qui
ne me répond pas le con), je hurle, je hurle, je hurle,
je hurle même à Johnny. Et personne ne vient.
Me laissant là, seule et Poney, seule sous un ciel
d'étoiles effilées comme des cutters. Je vois la cour,
la faible luminosité lui confère un air surréel... Je
vois la cour, la fourche à trois dents, le casque à
grains de mon Ancêtre viking... Je vois tout. Et je
m'excuse auprès de chacun. Que je dois le faire. I
must change fondamentalement The Firm.

Alors tout est allé très vite... J'ai le choix. Soit,
j'incendie la ferme. Soit je tue la Vieille. Et wouai,
là, fini de rigoler. On est pas chez les Bisounou-
nours ici. Bon, j'opte pour la deuxième option. Eh
bien, tu sais quoi... C'est pas si compliqué que ça
de tuer sa Grand-Mère. Un petit moteur obstiné et
sans sentiment se met en branle dans ton cerveau
et tu fais tout ça très très vite et très très bien. Je
rentre dans la salle à manger. J'enlève mes bottes

pleines de paille ensanglantée. Je monte le premier escalier en chaussettes... Le deuxième. Et je m'arrête devant la porte de la chambre de la Vieille. Je l'entends ronfler. Vacarme disgracieux. J'entre. Le plancher craque légèrement. Je vois la masse de la Vieille dans sa robe de nuit noire, bordée du drap de lit blanc. Même dans la nuit, elle est moche. Elle pousse des raclements de gorge dégueulasses, ça doit puer le très très vieux dans sa bouche pâteuse. Je note qu'elle dort toujours « à sa place » laissant le côté de Grand-Père vide. Ça me fait bizarre ; je sens sa présence. Est-ce qu'il me voit ? Et qu'est-ce qu'il pense de moi là ? Je m'en fiche en fait. Je prends l'oreiller de Grand-Dad, là où sa belle tête s'est tant reposée, et le plaque sur la gueule de la Vieille qui s'arc-boute mollement puis violemment. Je pèse de tout mon corps sur le coussin et sur la Vieille, une force venue du fond des âges prend possession de toute ma chaîne musculaire. Je suis lourde, je suis de plomb. Et je tiens ferme. Les griffes de la Vieille lacèrent mon derme mais je ne cille pas. Je suis un tank boche. Le dragon du Pays des Galles. Mademoiselle Macbettth. Et la Vieille se meut, meut. En vain. Je sens son énergie de vieillarde s'affaiblir... Elle va mourir... Elle meurt, meurt... Elle est morte. Et voilà. Mission accomplie. Tu vois, c'est pas si compliqué. J'ôte le coussin blanc. Là où Grand-Père déposait son crâne, le visage de la Vieille a laissé son empreinte... Drôle de dernier baiser. Finis les râles. Majestueux silence dans la nuit. Et son visage caressé par la lueur nocturne se découpe dans les draps maculés. Même morte, elle est moche. Voilà. Le Poney a tué la Mère de son Père.

J'ai remis le coussin à sa place. Je suis sortie de la chambre. J'ai descendu les escaliers. J'ai pris le paquet de Benson & Hedges fortes dans son étui de cuir noir avec le petit cerf gravé que Grand-Dad m'avait donné. J'ai remis mes bottes... Et je me suis mise à marcher. En me disant que je suis une bien jeune assassine. Et que là-dessus, je mérite bien une petite clope et un peu d'air frais de la forêt. Je monte sur la colline en face de la ferme. De drôles de sensations me parcourent les veines... Je dégrafe, dégrafe tout, puis j'enlève, j'enlève tous mes vête-ments. K-wayyy, legging, bottes... J'étouffe.

Un brasero interne me gratine le corps.
Je reste un peu là-haut.
Nue.
Les fesses dans la verdure fraîche.
À contempler la ferme.
Quatre morts dans une même nuit, c'est complet !
Johnny, Lawrence, le veau, la Vieille.
Waow.
Je m'allume une première Benson & Hedges.
Je tousse.
Dire que c'est Grand-Dad qui aurait dû la fumer.
Cela lui confère une saveur particulière.
Calumet.
J'aime le goût.

J'imagine ce que doivent penser mes Ancêtres.

En fait, non non non non non, je m'en fiche.

Mais force est de constater que je suis celle qui induit un nouveau tournant dans l'histoire de notre arbre généalogique.

Pourquoi moi ?

Destin ?

Hasard ?

Position des astres ?

Bof ?

Je reste là.

De longues heures, je ne sais.

Nuit, heures, secondes, tout se mélange.

Je pense beaucoup à Johnny.

Je m'endors...

À mon réveil, c'est toujours la nuit.

Ou est-ce déjà une autre nuit.

Ou n'y aura-t-il plus jamais que la nuit ?

Nue, je n'ai pas froid.

Au contraire, une pâte rougeâtre suintant de mon sexe réchauffe le gras de mes cuisses de Poney.

Oh.

Oh.

Oh.

Ce sang.

Menstrues.

Arrivées ???!!!

Je me suis relevée et j'ai découvert que je baignais dans une immense flaque de menstrues.

C'était dégueulasse. Mais j'aimais bien.

Le sang caillait de partout sur mon corps.

Comme une croûte de désert aride.

Ou comme une tentative de camouflage.

J'entends un air d'Ennyyyo Morricone...

Nue.

Je m'enfonce dans la fourrure de la forêt.

Elle n'était pas accueillante, la forêt, cela aurait été trop facile... Je ne reconnaissais rien. Combien de miles et de kilomètres ai-je dû parcourir avant que la peau délicate de mes petons ne commence à muter en corne capable d'affronter n'importe quel terrain ? Combien de ronces ont crevé mes coussinets, combien d'écorces rugueuses, d'épines, de griffes, de becs, de crocs, d'ongles, d'eaux sulfureuses, de roches aiguisées, de crevasses, de feux follets, de plantes carnivores géantes... Je n'avais ni palmes, ni gants, ni casque de protection, ni de protège-genoux, pas même de petite culotte.

J'encaissais.

Ma peau blanche encaissait.

Mes muscles encaissaient.

Mes os encaissaient.

Et à chaque mauvais coup me jetant sur le tapis, je mordais mon protège-dents imaginaire, je bandais tout mon corps et je reprenais mon chemin en poussant des cris de jeune Viking en mode assaut. Des pluies diluviennes me rinçaient et désinfectaient mes plaies, des vents me flagellaient et tordaient mes pas... Je devenais créature sylvestre, toutes les sorcières, Eva, femmes, Malvyra, toutes les femmes, les poils de mon pubis apparurent, mes seins aussi... Mais mes jambes, mes sales petites jambes de naine, ne changeaient pas, elles se musclaient oui, de jolis mollets galbés oui, habiles oui, mais ça ne grandissait pas. Alors, je m'endormais dans les arbres, suspendue par les pieds comme une chauves-souris. Jusqu'à ce que le sang emplisse mes yeux et que je tombe comme une figue blette. Mais rien n'y faisait, ça ne grandissait toujours pas. Mes menstrues, elles, se déversaient comme de la lave... Drôle de Petit Poucet Rêveur, j'égrenais dans ma course, du sang. Mon étoile n'était pas à la Grande Ourse, d'étoiles il n'y en avait guère. Mes yeux apprenaient la vision des rapaces : nocturne. Night shoot. Des cris déchiraient l'espace au-dessus de ma tête que je percevais infini... Des cris de bêtes humaines, des pleurs de fées, des rires de chacals, des souffles de serpents. Tous les noirs personnages de Shakessspeare et tous les rois et reines sanguinaires d'Angland, je le sentais, étaient là quelque part, cachés derrière un cactus géant, dans un palmier-buisson, dans des crevasses remplies de scorpions... Et tous les fantômes de mes Ancêtres, ceux qui étaient super fâchés que j'aie tué la Vieille, lançaient des chauve-souris et des scolopendres dans mes cheveux, devenus nid de dreads pour insectes glaireux. Et j'avais peur. Une peur de chez peur. Je moulinais de mes jambes à gogo... Le mot « Poney » flottait dans ma tête. Sinon je ne pensais à rien d'autre. Aucune image pour me soutenir. Aucun but, du moins conscient. Juste la tête traversée par « Poney » et par le réflexe animal de fuir.

Parfois un entrelacs de racines me faisait un croc-en-jambe et, tête la première, j'embrassais le sol marécageux. Arcade sourcilière ouverte, je pissais également du sang de par-là... Qui de se mélanger à mes yeux humides, qui de poser un halo rougeâtre sur tout ce que je voyais, qui de me piquer atrocement. Il me semblait que ces fuites de sang de partout dans mon corps allaient inévitablement attirer toutes sortes de vampires. J'entendais déjà de drôles de chuintements qui devaient appartenir au règne de tous les Nosferatutu du coin... Et d'ailleurs, dans quel coin suis-je maintenant ??? Cette forêt pourrait se situer dans un tas de pays du monde et même d'outre-monde... C'est celle d'Amazony, celle de *Twilightt*, celle de Brocelyande, celle du Japooon avec ses arbres extrêmement rapprochés, la noire de la Forêt très Noire, celle de mes contes d'enfant... Et moi, qui suis-je ? Gazelle, rate, chèvre, sanglier, mygale, scorpion, fourmi, black mamba ? Plein de sensations bizarres qui doivent appartenir au monde

animal, et qui ne sont certainement pas réperto-
riées dans l'*Anthology du Corps Humain* de Maman,
parcourent mes sens... Je suis mi-femme, mi-bête...
Une Sagittaire. Une Centaure. Comète sylvestre.

C'est une immense racine qui me fit choir tête
la première contre un tronc dur comme du béton
armé et là, je perdis connaissance. Enfin, il me
semble.

(Je me souviens du parfum
des tilleuls en été)

Que mon réveil fut bon.

Sortie de cette affreuse nuit noire en forêt ou en cauchemar je ne sais, je suis réveillée par des caresses tendres et un peu... comment dire, râpeuses. Mes paupières sont tellement lourdes, je ne parviens pas à ouvrir l'œil. Mon corps est pesant lui aussi, comme si j'avais traversé un ouragan interstellaire. Où suis-je ? Oh et ce parfum poivré... Et ces sons de cloches... Oh, j'ouvre l'œil... Le soleil est trop violent. Une main attentionnée caresse ma tête. Elle est tant précautionneuse, pleine de tendresse, de délicatesse, cette main. Oh mais. Main humide. Mais c'est si bon. Et ces sons... J'ouvre l'œil et que vois-je... Des veaux. Des veaux blancs. Qui me lèchent doucement de partout. Je suis allongée dans de la paille jaune. Complètement nue. Vue d'un drone, je dois ressembler à un enfant Jésus le con dans sa crèche. Et cette étable... Oui, il s'agit bien d'une étable. Oh, mais c'est mon étable du bout ! Celle aux veaux ! Oh je suis chez moi ! Oh mais ! Bonjour mes veaux ! Vous êtes gentils mes veaux... Mais. Que s'est-il passé exactement ???... Ah. La promenade dans la forêt. Ou le rêve d'une forêt, je ne sais ? Les clopes de Grand-Dad (étui toujours protégé dans ma main droite d'ailleurs). Et puis le sang. Ah. Menstrues. Et avant ça ?... Oh. Le grand jump dans le crime ! Bon Sweetie Horn. Tu vas avoir du sacré pain sur la planche, là ! « Meuuuuuuuuuuuuuuuh! » Et mes veaux poussent leurs jolis mugissements... Oui, mes cocos, c'est moi ! Je retrouve un peu de mobilité dans mes articulations. Mon corps blanc semble avoir été lavé des blessures de la nuit par les langues de mes animaux. Rassemblons nos idées... Tiens, levons-nous. Ah. Ça va, je peux. Damned, ça tangue. Oui oui, mes jolis veaux, Maman va venir vous nourrir. On dirait que les bêtes sont agitées dans les étables. Faim ? Depuis quand n'ont-elles plus été nourries ???... Bon. Horn. Récapitulons. Les cadavres de Lawrence et de son petit sont dans l'étable bleue. Et celui de ta Mère-Grand dans la chambre. Donc. Que vas-tu faire, toute petite fermière ?

1. Appeler ton Père.
2. Appeler le vétérinaire.

– Hello ?
– Hiiiiiiiiiiiiiiii.
– Fucking hell, Jumeau de mes deux,
   donne le téléphone à Papa.
– Papapapapapapapapapa. No.
– Yes.
– No no.
– Yes yes yes trouduc.
– ...
– Petit singe débile, fais ce que te dit ta
   grande Sœur... Allo ? Allo ? Alloooooo ?
– ...
– Allooooooooo ?
– Allo ?

– Roooooh no, Mummy !
– Hello Poney ! How are you,
  Darling ? (Sweetie, Mum !!!)
– So so. Daddy is here ?
– Of course.
– Then, passe-le moi, stp.
– Yes yes of course... Et tu vas bien ?
– Pffffffffff.
– Poney, c'est Papa ! (Sweetie,
  Dad !!!) Comment vas-tu ?
– Eeeeeeeuh oui. Pas mal. Y a du soleil.
– Oui, full sun ! Tu viens nous voir aujourd'hui ?
– Eeeeeeeuh, no. Mais ce serait bien
  que toi tu viennes nous voir.
– Ah bon.
– Ye.
– Rien de spécial ?
– Si tout est très très très spécial ce matin...
  Ta Maman est morte je crois.
– Quoi ?
– Ben morte. Dans son lit. Elle ne bouge
  plus je crois et elle est déjà toute
  froide je crois. C'est grave je crois.
– Poney (Sweetie, Dad), don't move, j'arrive !

Ouf. Le plus dur est fait. Appeler le vété, ça c'est
fastoche. Puis j'enfile un vêtement et me fais un
chocolat chaud tiens.

Quand Papa arrive, il est hagard. Il pose sa main sur ma tête. « Où est-elle ? » Je lui réponds que je lui ai déjà dit et qu'elle est dans son lit pardi. Il avale les escaliers quatre à quatre. Je n'ose le suivre... Et si la Vieille n'était pas tout à fait morte ??? Tout serait à recommencer. Un long laps passe. Puis j'entends Papa appeler un médecin dirait-on... Il sort de la chambre. Encore plus hagard. File aux toilettes. Je l'entends vomir. L'odeur doit pas être top, en effet. C'est donc qu'elle est bien bien morte. Ouf. J'espère que j'ai pas laissé de traces. Des indices. ELLE en a laissé par contre ! Sur mes avant-bras, des traces de vieux ongles, vieilles griffes. Bon. Qu'est-ce que je fais ? Je lui prépare du bicarbonate de soude à mon Papa pour son estomac. Il me remercie. On attend le médecin. On s'assoit sur des chaises. Il est tout patraque. Ses coudes appuyés sur ses genoux. Il souffle comme un beef. Je le regarde fort mon Papa. Je lui vois une émotion spéciale dans les yeux. Je me rends compte que cela fait longtemps que je ne l'ai plus VRAIMENT regardé mon Papa. Il dit : « Sweetie, c'est très étrange de se retrouver orphelin. » Damned. Je fonds. Orphelin ??? Je je je l'imagine, mon Papa, petit ourson blanc sur mini-morceau de banquise à la dérive dans les eaux gelées du Grand North... Et les orques gigantesques à ses trousses ! Tout cela de MA faute. Je suis fort fort émue. Me dis qu'un jour cela m'arrivera aussi d'être petit ourson blanc sur mini-banquise. Alors, je m'effondre. Je pleure. Dans les bras de Papa.

Qui m'enlace. Me dit qu'il me comprend. Que je l'aimais fort hein ma Grand-Mère (!!!!!). Qu'elle m'aimait tant (!!!!!). Que je l'aimais tant (!!!!!). Que je suis une si brave petite fille (!!!!!). Un peu spéciale mais si brave (!!!!!)... Heureusement, le médecin est vite arrivé et a mis fin à cette séance de malentendus de sensibleries. N'empêche, j'ai un bon gros grain de culpabilité coincé dans le gosier. Et une sensation de picotements le long de mes mains de jeune meurtrière lacérées par les ongles de la Vieille.

Mon Père était vraiment à la masse. Il a mené le vétérinaire à ma Grand-Mère et le médecin à la vache ! Ceux-ci ont gardé leur flegme Englais et ont dit qu'ils comprenaient. J'ai nourri les bêtes en observant tout cela de loin. Je pensais à l'avenir. Je me dis que la Vieille étant hors du jeu de quilles, je vais enfin pouvoir mener ma barque à ma guise. Que je me sens forte pour diriger toute la ferme à bien. Je suis allée dans le champ du bas et j'ai pris un moment pour jouir de l'étendue des terres dont je suis seul maître à présent. Posséder un peu de croûte terrestre, ça m'est vertigineux. C'est ancrer ses pieds profondément dans l'existence, c'est sentir des racines pousser au bout de ses extrémités... Et ce matin-là, dans ma terre, je me roule. Je me vautre. Je m'enduis tout le corps de la bonne poussière, de la bonne motte, de la bonne humidité. Je me vautre, comme cochonne, comme laie, je truisme... Aaah ma vie est grande, ma vie entre dans une autre dimension, d'autres feuilles de mille-feuilles. Je me sens responsable. Au début d'une vie que j'ai choisie. Ah là là, c'est que ma petite tête de gamine était loin d'imaginer ce qui allait suivre...

La mort de l'Ancienne déclencha une hystérie familiale pas piquée des hannetons ! Les Frères et Sœurs de mon Père étaient tellement touchés par la perte de leur dernier Parent qu'ils entrèrent dans des états pires que des pleureuses du South. Ça chialait de partout. Six orphelins oursons blancs sur six mini-banquises et hordes d'orques. On frôlait le ridicule. Franchement, ce vieux tas d'os n'en vaut pas la peine. Moi ça va, j'assume. Je gère la ferme avec beaucoup de précision et je suis fière de moi. L'absence de la Vieille est pour moi une délivrance et j'envisage l'avenir sereinement. On a fait les enterrements et tous ces trucs-là, en grandes pompes, trop grandes pompes et est arrivée sur le tapis la question de l'avenir de la ferme. Et là, je fis connaissance avec un des gros gros nœuds de l'existence : succession et héritage. Les Frères et Sœurs se chamaillaient, voulaient ceci et pas cela... !!! Ils discutaient fort fort. Des pourparlers houleux. J'étais très vexée car j'étais exclue de ces débats et reléguée au statut de simple enfant qui n'a pas son mot à dire. Puis les cons ils sont arrivés à la conclusion qu'ils voulaient tous leur pognon et que Moon Gate Farm (c'est le nom de

notre ferme) serait mise en vente dès que possible.
Tout le monde avait l'air très satisfait et ils sont
sortis de la discussion en s'enlaçant et en pleurant
un peu.

– Quoooooooooi ???? Daddy !!! Moon Gate
  en vente ! Ce n'est pas possible !
– Of course, it is possible Poney.
  Nobody is interested de continuer
  the farm dans la Famille.
– Mais Dad Dad Daddy ! Moi, cela m'intéresse !
– Mais toi, Darling, tu n'es encore qu'une toute
  toute petite enfant. (D'ailleurs, quand vas-tu
  te décider à grandir, nom d'un chou frisé ?!?)
– Daddy, cette ferme, c'est notre histoire, c'est le
  projet de nos Ancêtres, c'est lui qui a nourri,
  porté notre Famille depuis des décennies... Et
  puis puis puis j'avais promis à Grand-Dad.

Mais Papa avait l'air de s'en foutre pas mal,
même s'il me comprenait. Je me mis à les haïr tous.
Tous ces Horn de chez Horn qui ne pigent rien à
rien. Et que vais-je devenir ? Et mon domaine ? Et
le cheval de mes 12 ans ? Et le casque à grains de
notre Ancêtre Viking ? Et les veaux dans l'étable ?
Et la mort du cochon ? Et la fourche à trois dents ? Et
mon étang ? Et l'allée, oooooooooh mon allée !!!!????
Non, tout ceci perdu, ce n'est pas possible !
Mais tout est allé très vite. Les Frères et Sœurs je
les hais ont engagé une entreprise pour diriger la

ferme au quotidien en attendant la mise en vente, on m'a rangée à la maison avec mes Parents et la vie citadine et morose a repris son cours comme dans le passé. Je détestais je détestais. Il me semblait qu'ils tuaient Grand-Père une seconde fois, qu'il devait se retourner dans sa tombe, qu'il devait se sentir seul comme jamais et que mes Oncles et mes Tantes étaient juste des trous du cul, intéressés par leurs tunes punt point punto.

Alors, je pleurais, je ne mangeais plus, je hurlais dans la nuit, je me roulais par terre, je pissais au lit... Plein de trucs de dingue. Mon Père me regardait longuement, perplexe, le regard perdu dans le vide, ne pipant mot. Mais un matin, il a disparu. Il a dit à ma Mère qu'il partait une semaine complète, qu'elle ne lui demande ni où ni comment, mais qu'il partait. Il a pris ses cliques et ses claques et ne nous a même pas laissé un petit chou en cas de coups durs. Ma Mère était complètement bouleversée et convaincue qu'il avait une maîtresse et qu'il pétait un câble et qu'il ne reviendrait plus jamais, que pour reprendre ses affaires. Purée, quelle semaine d'enfer ! Mumm était au taquet et ne gérait pas bien voire pas du tout la maison. Les Jumeaux foutaient un bordel pas possible et je me disais qu'étouffer un Jumeau dans son sommeil devait être encore plus facile que la Vieille. Mais bon, je me repris et me dis qu'il valait mieux ne pas en faire une habitude que cela risquait d'être nocif à mon karma et que ça allait éveiller des soupçons.

Déjà mes mains d'assassine de Vieille n'arrêtaient pas de me chatouiller bizarrement...

Alors, la semaine a passé vaille que vaille et le dimanche soir, mon Père a débarqué. Et dans quel état ! On aurait dit qu'il avait bouffé des champignons magiques et qu'il avait vécu dans les bois comme un sauvage toute la semaine. Et c'était un peu le cas. Il dit, exhalté :

– My Dears, j'y suis. J'ai réfléchi. J'ai pris tous les renseignements. Je sais comment agir. On va le faire. J'ai tout fait pour. Il le faut, il le faut. C'est décidé. Un tournant dans ma vie. Un graaaaand tournant dans ma vie. Comment n'y ai-je pas songé plus tôt. Il n'est pas trop tard. Enfin, je l'espère. Je suis prêt. Je suis prêt. Je suis prêt. Je suis p...
– Mais à quoooooooi !?! hurla ma Mère commençant à la trouver saumâtre.
– La ferme.
– M'enfin, reste poli, Dylan !??
– Mais non, la ferme !
– Dylan !
– Non, la ferme. La ferme on va en faire quelque chose !
– Ah.
– Mais oui, Moon Gate, c'est évident ! On va en faire quelque chose !
– Mais quoi quelque chose ?!?

– Quelque chose, my Dear,
quelque chose de bien !
– Mais...
– Des décennies que mes Parents entretiennent
des systèmes de productions agricoles et
d'élevage démodés et vétustes. Des décennies
qu'ils épuisent la terre inutilement. Des
décennies qu'ils élèvent des bêtes aux
hormones... Quelle honte quelle honte quelle
honte pour la survie de la planète ! Si tous les
agriculteurs faisaient comme eux, la terre
serait vouée à l'échec total dans un avenir
très proche. Ah les cons, les vieux cons, j'ai
essayé de leur en parler cent fois mais en
vain. Ah les cons, ah les vieux cons. Entêtés
jusqu'à l'os. Ces Horn, cette bête Famille de
Horn, butés comme des ânes. Incapables de
réfléchir VRAIMENT sur le long terme. Mais
ça va changer hein Honey, je te le dis, ça va
changer ! J'ai préparé un programme d'enfer
avec l'aide de spécialistes. Je vais reprendre
cette ferme. (d'ailleurs, la pâtisserie biologique,
y en a marre, finis les petits choux et les babas,
ça va changer, je te dis, ça va changer sec)
– Oh mais c'est magnifique, Honey, dit Maman
totalement excitée de voir Papa, si flegmatique
en général, dans un tel état d'opiniâtreté.
– Mirifique, ma chérie, c'est mirifique.
Seul gros gros gros obstacle à ce projet...
Mes Frères et Sœurs. (grand blanc)

J'avais écouté Papa les yeux écarquillés. Je devais bien admettre que Moon Gate Farm, jusqu'à présent, n'avait pas l'air d'être gérée de façon très écologique même si je m'y connais pas très bien en écologie. Et que moi-même, depuis la mort de Grand-Dad, je n'avais pas remis en question les modalités d'élevage et de culture. Le nez dans le guidon, je me contentais de travailler un maximum du mieux que je pouvais avec mes vieux outils. J'étais d'ailleurs un peu vexée que cette idée d'écologie ne vienne pas de moi. Orgueil de Horn, quoi. N'empêche, entrevoir la possibilité d'une pérennité de quelque manière que ce soit à ma Moon Gate me ravit et je me mis à couvrir Papa d'yeux admiratifs. Tout me manquait tant, revenir à Moon Gate me semblait la plus belle chose au monde.

Très rapidement, Papa organisa une première réunion avec ses Frères et Sœurs. Il s'était hyper bien préparé, comme pour un examen de chimie mais malheureusement, il a perdu les pédales au beau milieu de son exposé. Son idée était d'organiser une deuxième réunion mais cette fois, avec l'équipe de spécialistes qui avait analysé le cas de Moon Gate et de sa conversion en ferme « durable ». Le projet de Daddy passa beaucoup mieux et fut accueilli plus positivement. L'idée était d'entamer tout de suite la conversion de Moon Gate, de s'entourer de cette équipe de pros venus de tous les coins du monde et de se fixer une période d'essai de sept années. Ce qui semblait séduire les Frères et Sœurs, c'était les prévisions de rentabilité et la modernité du défi qui pourrait même élever Moon Gate Farm en « projet-pilote » au sein du Pays des Galles voire même de l'Ingland. Oui, Papa et son équipe ont de grandes ambitions.

Maman et moi sommes dans la fièvre de l'attente durant ces réunions auxquelles nous n'avons pas le droit d'assister. On soutient à fond Papa. Aujourd'hui se tient THE réunion de la dernière chance der des ders. On croise les doigts à mort ! On fait des vœux dans les étoiles. On évite les chats noirs. On ne passe pas sous des échelles. On touche des bossus. Grrrr, quel suspense ! Plus que cela, c'est une question de vie ou de mort ! Déjà deux heures que Papa et son équipe sont en meeting. Nous avons déjà rencontré « l'équipe de spécialistes », ils sont tous très sympas et plutôt cools. C'est un couple de Japonès et un Spaniche boy. Je fantasme un peu sur le Spaniche boy car il est très très mignon, couleur d'angus beef cramé et il me rappelle les bons souvenirs de La Spagna. Et puis surtout, il porte des jeans serrés noirs qui moulent ses belles parties. Faut dire, depuis l'arrivée de mes vraies règles, j'ai de drôles d'images dans la tête. Booooooouuuuuuuh beaucoup de liquides, de miches, de turgescences, de crevasses... Je regarde fort fort fort les garçons, de tous âges d'ailleurs. Leurs intimités m'intriguent ; je me propose souvent de donner le bain aux Jumeaux afin d'observer leurs trucs en douce. Je mate comment la peau de leurs testicules est si changeante et rétractile. C'est vraiment bizarre cette consistance de figue séchée. Rooooooh alors t'imagines le Spagnolo, Pedro qu'il s'appelle, avec des poils noirauds en plus, ça doit vraiment être très très spécial.

Les Japonès s'appellent Ayako, pour la femme, et Kitagawa, pour l'homme. Ayako est si mignonne. La regarder me fait de drôles de spasmes et me met en tête plein de noms de fleurs roses. Encore un truc dû aux hormones. C'est une repentie du cochon. Enfin, je veux dire, elle a viré sa cuti après avoir travaillé en Chyne dans une ferme qui élevait des cochons pour un gars qui en faisait des œuvres d'art. Elle les tatouait, les cochons, on les empaillait puis hop, de riches collectionneurs achetaient tout ça à prix d'or sur le marché de l'art. L'artiste en question, un Belch plein aux as, s'appelle Wim Del Voyyye et est connu de par le monde entier. Mais Ayako, spécialiste en calligraphie Japonèze, en a eu marre de tatouer ces pauvres bêtes taxidermisées ou transformées en tapisseries de luxe pour intérieurs de très riches. Puis l'odeur tout ça, ça l'a écœurée et elle s'est retrouvée à travailler pour un agriculteur biologiste au Japooon, maître en permaculture où elle a rencontré son Kitagawa. Lui par contre, on sait pas trop d'où il vient le Kitagawa. Ça nourrit d'ailleurs toutes mes hormones en fantasme. Il doit avoir été acteur porno dans des Arakiii ou des trucs comme ça je parie, bondage tout ça...

Brrrrrrr mes hormones me font vraiment imaginer tout le temps de drôles de trucs. Mais à vrai dire, cela me donne une perception de la vie plutôt fantasque... Rooooooooh et cette Ayako et toutes ses fleurs roses ! Quand elle rit, c'est si joli. Ça doit être une des plus belles choses de l'existence, le rire des femmes Japonèz... Ce rire tout en retenue et en gorge légèrement déployée. Si les cygnes pouvaient rire, ils riraient comme Ayako. Bon, nom d'un koala, cette réunion au sommet n'en finit pas... Moi c'est décidé, si Moon Gate capote, je lâche tout. Je me laisse crever et j'irai rejoindre Grand-Dad, dans je ne sais quelles brumes. J'aime tellement pas ma vie dans cette maison avec ma Famille près de la grande ville. Je suis comme lion en cage. Je veux du vert, de l'air, l'odeur des arbres et même celle du purin. Mais bon, continuons de croiser les fingers et si cela marche héhéhé... Maman n'a pas l'air d'en mener large, elle non plus, checkant sans cesse son téléphone. C'est dimanche. Il pleut. Elle a tout de même mis des bouteilles au frigo. Si c'est positif, champagne ! Aaaaaaaaah le téléphone sonne... Maman répond ! Suspense... Ooooooooh, pas de chance, c'est sa Mère... Ça risque de durer longtemps alors...

Et en effet, cela a duré. Et le temps passait passait et je tournais en rond comme une fauve. Puis Maman a raccroché et elle a vu dans son téléphone que Papa avait essayé de l'appeler 30 fois. Et Maman a rappelé Papa... Et l'affaire était réglée.

La Fratrie acceptait le projet et même, le trouvait formidable. Seul petit bémol, leur condition était que si le projet capotait, Papa risquait de perdre sa part d'héritage. Et ça, Maman a tiqué. Moi, je m'en foutais, qu'on finisse pauvres dans un bidonville pourvu que l'on donne une autre chance à Moon Gate Farm.

L'équipe de Papa a mis tout très vite en place. Papa s'est installé à Moon Gate pendant quelques semaines le temps de lancer la machine et cela ne sentait plus le sucre à la maison. On me tenait un peu à l'écart et je ne pouvais y aller que pendant le week-end. J'aimais bien un peu coller Ayako quand elle était au grand nouveau potager. Elle y appliquait plein de principes qu'elle avait étudiés avec son espèce de fondateur de la « permaculture », Monsieur Masanobuuu Fukuoooka. Je peux répéter les mots qu'elle m'a dits quand je lui ai demandé en quoi consiste au juste la permaculture : « La Nature, la Nature elle-même est la grande inspiratrice des moyens de culture mis en œuvre en permaculture... Observer la forêt. La forêt est le modèle à suivre. Tout s'y développe, tout s'y recycle spontanément, sans que l'humain n'intervienne... Agencer un écosystème de manière telle que les végétaux puissent interagir en permanence et croître en toute autonomie. Peu de bêchage, pas de déchet...

En permaculture, tout est réutilisé dans un "cercle vertueux". Et je cite Fukuoooka : "Celui qui se donne un autre maître que la Nature se trompe" ».

Quand Ayako parle, des tas de papillons sentant la cerise sortent de sa bouche et ses mots sont comme des dragées de baptême aux couleurs pastel, tout coule chez Ayako, tout se fait perles de rosée ou barbapapa, c'est selon. Tant de douceur, chez une femme, je n'ai jamais connu. Ma Mère est un bulldozer à côté d'elle et la Vieille, une ronce. Et quand elle se penche vers les plantations, je vois presque le bout de ses tétons au travers de l'échancrure de son petit tee-shirt en coton organique of course. Mon paquet génital frémit et je pourrais presque émettre des perles moi aussi. Oh tout est si tendre dans ce potager... Et ces quelques poules, canards et oies qui y gambadent tout en y picorant des nuisibles.

Ayako parle aussi des insectes. Et ça, j'ai pas l'habitude. J'ai jamais regardé UN insecte dans le Moon Gate ancien. Oui, Ayako, elle parle des poèmes, des petites poésies venues de son pays du Japppon... Et quand elle les dit, on dirait qu'Ayako fait littéralement « corps avec l'instant », oui, c'est ça, je qualifierais même Ayako de « créature qui fait corps avec l'instant ». C'est dire le halo de grâce qui l'entoure.

« Pou écouté lè insec
pou écouté lè umain nou ne meton pa
lè mêm orei »

(roooooh son accent)
ou :

« Su la point d'un herb
devan infini du ciel
un fourmi »

Alors, il m'arrive de danser dans ce potager, d'y danser la danse qu'on danse seulement au paradis tant on est heureux. Cette sensation de verdache que tu peux picorer de-ci de-là... Pois, bourrache, fleurs de fenouil, menthe, aneth, cherry tomatoes... Mon corps ondule le long des parfums... J'allonge ma vertébrale à la tige des plantes... Je tape le sol et rejoins les racines... Je noue mes mains aux rais du soleil... Et sur ma pooldance naturelle, mon petit corps dessine les plus beaux grands écarts du monde. Je deviens pistil, bulbe, humus... J'éructe des mots neufs : arroche, chénopode, hysope, oïdium, tétragone, tagète, aérabêche... Et cela fait rire Ayako ! Et ma Nipppone glousse, glousse, de ce gloussement exquis de cygne... Alors ma danse s'élève et rejoint ses éclats de rire haut dans le ciel... Et ivre, trop ivre, de vivre et d'hormones, je m'encours me refroidir le sang et plonge tout habillée dans mon étang.

Ayako a couru elle aussi.

Je la vois de loin, ses bras fins balayant l'air.

Elle arrive au bord de l'étang.

Son sourire crève sa face.

Elle ôte ses vêtements un à un.

Je mate.

Fascinée par son grain de peau blanchâtre.

Son pubis, ourlé de poils noirs de geai.

Contraste.

Je me pisse dessus ni vu ni connu.

> Dans la neige
> le cygne noir
> scintille

Quand Ayako entre dans l'eau, les nénuphars frétillent, le fil de l'eau squeeze et nous entamons une course poursuite. Sans jamais se toucher. Vaut mieux. Je te cours tu me cours... Et quand nous en avons marre, nous sortons de l'eau. Sans jamais se toucher. Et nous regagnons en silence l'allée. Nous nous enfonçons un chouïa dans la forêt. Je n'ose lui dire des mots d'amour et préfère lui répéter, façon wwwikipedia, la leçon qu'elle m'a apprise. Sans jamais se toucher. « La forêt, elle illustre si bien le recyclage de la matière organique. Elle réinjecte, après digestion, les feuilles tombées de l'automne pour la prochaine croissance. (Sans jamais se toucher.) Sur le sol, les matières végétales sont broyées par des tas de mini-organismes vivants. Une partie est immédiatement minéralisée et absorbée par les plantes, le reste est transformé par les champignons en humus pour constituer "une réserve pour plus tard". (Sans jamais se toucher.) Et l'humus hein, c'est un matériau brunâtre qui provient de la décomposition des matières végétales. Une fois formé, il se minéralise petit à petit pour être absorbé par les plantes, enrichissant leur croissance et produisant de nouvelles matières organiques. » (Sans jamais se toucher.)

– Ihihih, Ponè, cè parfai.
– Sweetie, Ayako... Mon vrai
  prénom, c'est « Sweetie ».
– Mèèèèè, tou le mond t'appell Ponè !
– Mais ce n'est pas mon vrai prénom, Ayako.
  Je déteste ce nickname de « Poney ».
– O escuz moi.
– Mmmmmm ok pas grave. C'est ma
  Grand-Mère, celle qui vient de mourir,
  qui m'a appelée ainsi pour se moquer de
  moi quand j'ai arrêté de grandir. Depuis,
  tout le monde m'appelle Poney...
– Ah bo, tu a arrêté de grandi ?

Et là, je me mets à pleurer, c'est plus fort que moi. Ma réalité me gifle à nouveau la face. Oui, je suis petite, oui, je serai toujours petite. Toujours ce physique difforme de naine ou d'enfant en bas âge...

Les plus petites jambes du monde. Et je pleure et je pleure. Je suis laide. Je suis laide. Une fée carabosse. Un nain maléfique. Une bête de foire. Je suis la jeune fille la plus penaude du Pays des Galles. Je suis inconsolable. Je verse des cascades de larmes...

– O Pon, euuuh Sweeti, ce n'è pa si grav
d'êtr piti. Ton cor è en bonn santé.

> Le cor
> enveloppe
> Mè l'âme

Mais même les poèmes d'Ayako ne me sont pas doux, je pleure, je pleure, je pleure :

– Jamais je serai adulte, jamais je trouverai
d'amour, jamais on me prendra au
sérieux, jamais je serai crédible, jamais
je pourrai monter un vrai cheval, jamais
je ferai quelque chose de bien...

Ayako, cette fois, me prend dans ses bras et écrase mon visage sur son tee-shirt organique et... sur ses tétons. J'aime bien. Envie de perler des trucs. Roooh la force fragile de ses bras, sa peau rafraîchie par l'eau de l'étang, ce léger parfum aigre de sueur... Alors je redouble mes pleurs pour que l'instant dure encore un peu. Mais de vrai, mon chagrin est immense. Ma vie me semble un ratage complet. Et mon avenir, une crevasse noire... La naine du Pays des Galles, je suis. C'est ça. Je suis la naine du Pays des Galles. The midget from The Waleees.

– Dan mo pay, beaucou de gen
   son piti, cè pa grav.

Et puis Ayako m'a raconté un drôle de truc qui se fait en Chyne. C'est une opération chirurgicale pratiquée sur de jeunes Chynoiz rêvant d'allonger leurs jambes. Elle a vu plusieurs reportages à la télé. Ce sont en général des jeunes femmes issues d'un milieu modeste. Avec leurs quelques centimètres gagnés, elles espèrent décrocher un job haut de gamme. Mais la convalescence post-opératoire est terrifiante de douleur : les os des mollets, les tibias, sont sciés et maintenus à distance les uns des autres par un appareillage de métal, obligeant ainsi les tissus osseux à produire une masse cicatrisante et donc, ces fameux centimètres supplémentaires. Mais paraît que parfois, la cicatrisation rate et que les tibias des convalescentes flanchent à l'endroit de la nouvelle soudure...

C'est ça. Je vais partir en Chyne. Je disparaîtrai. Je prendrai une année sabbatique et j'irai cicatriser dans les forêts Chyntoks. Et ne reviendrai à Moon Gate que quand j'aurai 15 centimètres de plus. Et là, je serai parfaite.

– Si tu veu le fèr tu devra atendr
  la fin de ta croissance...

Damned, encore d'interminables années à tirer alors. À être la risée de mes camarades de classe...

– Tu è trè bien com tu è.

Je ne réponds rien. Dans les bras d'Ayako, je retrouve un semblant de paix. Mais n'empêche, j'ai un trou dans le ventre.

Ayako est partie vaquer à son boulot. Je crois que je suis dingue d'elle, j'ai pensé. Je suis allée m'asseoir la mort dans l'âme dans la cour de la ferme. Sur un beau ballot de paille. Et j'ai pleuré. Pleuré. Tous les liquides de mon corps. Toute la tristesse du monde... Comme je reniflais beaucoup, j'ai dû alerter Pedro. Il s'est approché délicatement de moi et m'a gentiment demandé s'il pouvait m'aider. Il parle un Englich impeccable malgré son accent Spanich très prononcé. Je lui ai répondu que personne ne peut rien faire pour moi. Qu'il faut que je parte en Chyne. Il a souri et m'a demandé si j'avais besoin d'un lift pour l'aéroport. J'ai répondu que peut-être bien que oui. Je lui ai expliqué que j'allais y être opérée des jambes et que je ne reviendrais pas à Moon Gate Farm sans 15 centimètres supplémentaires. Il a ri. Mais ri, d'un rire franc d'Espagnolo.

- Tu veux vraiment grandir ?
  (avec son accent hein)
- Question de vie ou de mort, Pedro.

Et ici, imagine Pedro, ce géant Ibérik de presque deux mètres aux mains larges comme des pizzas, il s'approche lentement de moi, passe doucement ses mains sous mes aisselles en s'excusant, puis il me soulève haut très haut dans le ciel bien au-dessus de sa tête... Effet immédiat ! Comme sur un engin à la foire. Je vole. Je vole. J'adore cette sensation. Quitter le plancher des vaches aussi subitement me retourne l'estomac. Et je découvre... Je découvre, émerveillée, ma ferme sous un autre angle. Je suis géante. Géante. Et une évidence me traverse l'esprit... Si je me marie avec un grand gaillard qui me tient tout le temps à bout de bras, ce sera cool. C'est LA solution à mon problème. Rooooooooh et je vois loin, si loin, c'est magnifique. Je suis oiseau. Et là, perchée au-dessus de Pedro, mon Mont de Vénus frôlant son crâne, je sens quelques spasmes doucement répétés...

Pedro avait des crampes et m'a reposée au sol. J'avais envie de lui dire « Encore, encore » mais ma Mère m'a appris à ne pas être insistante.

- Alors, Sweetie, tu as toujours
  envie de partir en Chyne ?

Et la question de Pedro m'a émue, profondément émue. Car lui, il ne m'a pas appelée « Poney ». Il me nomme de mon vrai nom. Je me sens très femme tout à coup. Une grande sérénité gracieuse s'installe en moi.

– Je suis une exception, dit-il, mais à La Spagna, les gens ne sont pas très grands, tu sais.

Et Pedro commence à me parler de chez lui et de sa vie là-bas dans l'Andalousya. C'est beau de l'écouter parler. Ses yeux brun écureuil brillent très fort. « Sa cabane dans le désert », comme il l'appelle, est une maison de plain-pied aux lignes cubiques, toute blanche, avec une grande terrasse ombragée entourée de palmiers ourlés de régimes de dattes aux couleurs orangées. Waow, ça doit être beau ! D'immenses roches rouges sont plantées là, comme tombées de la planète Mars... Des cactus chargés de figues de Barbarie... Des agaves aux feuilles torturées... Une mare où clapotent quelques koïs... Des fleurs de jasmin exhalant... Une fraction de seconde, je me dis que ce serait bien d'aller là quelques jours, de souffler un peu. Je m'imagine, m'asseyant sur un rocher au milieu de chants d'oiseaux fous. Je me fume une Benson & Hedges. Mon corps se fait lourd... Ah. Pedro arriverait. Il porterait un plateau avec des victuailles. Café. Biscuits. Chouette. C'est vrai que je prendrais bien quelque chose. Il s'assoit. Me sert un café nappé d'une mousse de lait voluptueuse. Il me demande une Benson & Hedges. Je m'excuserais, lui répondrais que personne d'autre que moi ne peut fumer CE paquet de cigarettes. Mais je lui dis que je veux bien aller lui en acheter au night-shop du coin. Il semble intrigué. Je n'en dis pas plus. Il retournerait dans la cabane. Cela me laisse un moment pour mater son cul... Tiens, je mate le cul des mecs maintenant ? La cigarette me fait rêver des choses bizarres. Allez, allez, Sweetie, tu rêves, reprends-toi... Il faut raison garder. Roooh, mais il me semble que mes hormones sont en train de carburer un max. J'écoute parler parler Pedro et je l'imagine ressortant de la maison avec une cigarette allumée. Et c'est assez sexy... Nom d'un ara, la présence de ce gars me fait sentir des vagues dans mes cuisses. Je ne demanderais qu'une chose... M'acharner sur sa culotte (on se calme). Je devine la poutre, les bulles, l'odeur un peu forte de son sexe chauffé par la chaleur ambiante. Punaise verte, je me sens devenir eau... Là, j'ai clairement envie de sa bite (oh le mot !), oui de sa bite dans mon sexe... (Ouuuh là là, je commence vraiment à ressentir de nouveaux drôles de trucs.) Mais est-ce que je lui plais ?... Ce mec sent super bon... Le désert et la roche, la sécheresse et le bois, le sexe et le sexe... Et là, je m'approcherais de lui très précisément. Ma soudaineté le surprendrait mais il ne se cabrerait pas. J'attaque. C'est ça. J'attack. Avec la fronderie et la perversité de ma jeunesse. Ma toute petite taille me positionne à bonne hauteur : sa braguette. Et de détailler chaque bouton. Et de forcer l'entrée. De dégager son engin hors des fouffes. De découvrir un sexe ÉNORME. ÉNOOOOOORME, comme dans les rêves de jeunes filles en fleurs. De sucer. De sucer tout ça (mais qu'est-ce qui m'arriiiiiiive). Et de lécher, lécher (roooh je défaille). De croiser le regard de Pedro un peu atterré. Et d'y retourner au suçage, comme une lionne câlinerait un os de gazelle, avec avidité et beaucoup de salive et des souffles, oui des souffles, des souffles de bestiasse en rut, des bruits incongrus, des sons gutturaux... Je découvrirais dans mon paquet génital un état d'excitation incroyable. Pourquoi ai-je attendu autant de temps avant de faire tout ça ??? Et je lèche, je lèche, je lèche. Mon existence, réduite à un seul désir : l'envie que cette super grosse bite me gicle à la gueule son foutre. Connaître, ENFIN, le plaisir de l'éjaculation faciale (oh, et tous ces drôles de mots qui me viennent à l'esprit). Et je polis, je polis... JE VEUX LE FOUTRE (m'enfin !!!). Mais Pedro s'opposerait gentiment à mon va-et-vient et retiendrait mon visage entre ses deux mains. Je jette les yeux vers lui. Il me détache du sol (je suis légère légère légère) et ce grand corps me porte maintenant dans ses bras. Sa belle bouche couleur viande de biche laisse sortir une langue... Oh my god, cette langue... Oui, c'est ça, qu'il me lèche le cul, qu'il m'enfonce QUELQUE CHOSE dans le cul... Mais BOURRE-MOI MES

HORMOOOONES, GARS, tu ne vois pas que j'en crève de ça : QUE TU ME BOURRES LES HOR-MOOOONES DE TA GROSSE BRANCHE (purée, qu'est-ce qui m'arrive ???). Je me sens me décupler, devenir immense et découvrir en moi ce qui me relie à tous mes Ancêtres : L'AMOUR DU SEXE ??? Oui, il semblerait bien que ce soit ça... C'est ça, mes Ancêtres, L'AMOUR DU SEXE, je découvre que je suis comme vous, une Horn... Une chaude de chez chaudasse comme tous les Horn. Qui ne connaîtra jamais la paix du slip ?

– Sweetie ?
– ...
– Sweetie, where are you ???
– ...
– Are you ok, young lady ?
– ...

Pedro avait beau m'appeler et m'appeler, j'ai eu un mal fou à sortir de ce rêve de dingue. Une fois retombée sur terre, j'ai senti le rouge de la honte envahir mes joues et le haut de ma poitrine. Ce feu, ce feu qui me brûlait mon shorty... Je n'ose plus regarder Pedro dans les yeux. Et j'essaye de faire diversion comme je peux :

– Euuuuuh et c'est où exactement ta
  cabane à La Spagna, Pedro ?

- En Andalousya. Dans le seul désert d'Europaaa. Tabernasss. Sergi Leone. Clint Istwood, Schwarzeneguerre... Ils y ont tous tourné leurs films. Westerns spaghettis ou séries... *Games of Ttthrones*, *Exxxodus*, *Dernier des Mohicaaans*... Ennyyyo Morricone... Il y a des millénaires, tout ce coin-là était recouvert par la mer... Cela se voit dans les strates des roches... La ville d'Almeriaaa tu connais ?
- Euuuh, no, no, no Pedrodrodro.
- Toutes les stars des seventies ont séjourné à Almeriaaa. John Lennooon a même écrit *Strawberryyy Fields* sur la plage San Miguel... Mythique, je te dis. Et tu connais la chanson du Frenchie Ginsbourge *Initials B.B.B.B.* : « à chaque mouvement, on entendait/Les clochettes d'argent de ses poignets/Agitant ses grelots, elle avança/Et prononça ce mot : Almeriaaa » ? Ginsbourge cite Almeriaaa car c'est là-bas que B.B., THE Brigid Bardot s'en est allée après leur rupture (pour y tourner un western navet, soit, avec Sean Connerie, soit). Fassbindeer, Spylberg, Jarmouche... Et même Simone de Beauvvvoir. On espère pour bientôt Jodorovvvsky et David Lyyynch... Ville mythique, je te dis.
- Wouahhh. Mais c'est carrément cool tout ça...
- Étrange région. Rien à voir avec la côte ultra-touristique de Malagaaa plus bas. Même le fleuve a un nom spécial ici : « ANDARAAAX ».

- Wouahhh.
- ANDARAAAX.
- Wouahhh wouahhh.
- Mmmmmmmm.

Ça me fait hyper plaisir de reparler de La Spagna avec Pedro. Et cela calme mes hormones. Un souvenir de vents chauds d'été me remplit le cœur. J'étais bien pendant mes vacances à La Spagna. Je n'étais pas encore une Poney.

- Au BumBumBar au village, ça danse
  aujourd'hui, me dit Pedro. Tu as
  entendu la musique, Mam'zelle ?
- Oui, il y a plusieurs musiciens. Mon
  Père voudra pas que j'y aille.
- Pourquoi pas ?
- Il dit que c'est dangereux.
- C'est vrai que l'on est jamais assez prudent !

Long silence dans la cour de la ferme. Le crépuscule s'élève. Pedro, le garçon de la ferme. Et moi, la fille de la maison. Dialoguons sur un mode Bertooold Brechtien dans un entre chien et loup surréel.

- Ah. Maintenant on entend vraiment
  bien la musique jusqu'ici !
- C'est le vent.

- Il pourrait encore y avoir de l'orage
  cette nuit. Il a fait chaud aujourd'hui.
- Alors, tu devras aller voir les vaches.
  Elles en ont de la chance !

Et nous rions. Puis Pedro rompt l'instant et les étoiles et dit :

- Vamos a comer, nina.

Je crois que je suis aussi dingue de Pedro.

Les repas à Moon Gate Farm sont devenus des instants délicieux. Ça change des interminables dîners au cours desquels la Vieille bâfrait sa soupe en faisant des slurps dégueus avec cette goutte qui lui pendait au nez prête à tout instant à assaisonner son assiette ! Beurk beurk... Non, c'est joli maintenant. Les conversations sont joyeuses et chacun y va de ses petites histoires. Quelle tablée internationale tressée d'accents multiples ! Que de couleurs, de jeunesse et de fraîcheur ! Ce soir, Pedro raconte comment il est aussi un repenti mais du taureau lui, et comment il a viré sa cuti après avoir grandi toute sa vie dans une famille dédiée à la tauromachie. Il ne peut plus voir un torero en peinture, même si il reconnaît que l'art du torero est presque un art de la danse, danse mortelle soit, mais danse néanmoins. Et d'évoquer ce fameux torero Elll Cordobèèès, son corps ondulant, sa souplesse, sa vivacité... Une danse, oui. Macabre, oui. Maintenant, Pedro se dédie au soin des animaux de façon « sensible ». Il les touche et mène les troupeaux sans les frapper (combien de fois ai-je vu Grand-Père taper de la fourche à trois dents sur le dos d'une pauvre bestiasse qui avançait pas suffisamment rapidement à son goût !), il les brosse, les masse, leur parle de manière douce, leur donne des bonnes choses à manger, finies les hormones, et il leur chante des chansons comme les vachers de Switzzzerland... Bref, il les considère comme des êtres vivants à part entière. Et j'aime bien ça. C'est ce dont j'ai toujours rêvé pour mes animaux. C'est doux. C'est ça, Moon Gate est devenue une ferme douce. Sweet Moon Gate Farm... Oh, j'aime bien entendre parler Pedro. Et le regarder donc ! Des jolis plis se forment au coin de ses yeux quand il sourit et il dévoile un sourire carnassier. Oui, et vraiment carnassier, car Pedro n'a pas arrêté de manger de la viande suite à son virage de cuti. Et plus tard, à un moment bien après le repas, Papa me dit de monter, c'est l'heure du coucher des plus jeunes. Je quitte à regret cette belle assemblée et me calfeutre dans la petite chambre mansardée. C'est là que je dors depuis que tous les associés logent à Moon Gate. Ayako et Kitagawa dans la chambre des Grands-Parents et Pedro... dans ma chambre. Ça me fait kék chose de savoir ce grand corps couché à mon ex-place. Je connais tous les bruits de cette chambre, tous les rais de lumière, toutes les araignées. Je pénètre un peu l'intimité des nuits de Pedro...

Roooooh mais que la nuit est chaude. Et quelle journée ! Je sens mon mille-feuilles s'étoffer joliment. Je sens une paix en moi. Et dans le même temps, une haine de ce que je suis. Petite. Incontournablement petite. Et puis ce feu incontrôlable qui me brûle le shorty. Je suis amoureuse de tout le monde, enfin, d'au moins Ayako et Pedro. Mais Ayako est une femme !!! Est-ce que des sensations aussi bizarres vont m'accompagner toute ma vie ? Mais bon, en ce qui concerne le Poney, j'ai deux nouvelles options qui s'offrent à moi : me faire opérer en Chyne ou épouser un grand gars qui me porte tout le temps à bout de bras... Aaaaaah qu'est-ce que je baille !!!

Et je me suis endormie... Des rêves complètement allumés m'ont poursuivie. Je tournais sans cesse avec mes hormones dans mon petit lit. D'abord, j'ai vu un poney flottant vêtu d'une culotte verte made in Chyly (???) dans l'eau boueuse d'un fleuve, il y avait une voix genre B.B., susurrant à l'infini : « Andaraaax... Andaraaax... » Plus loin, j'entendis une femme de type Aziatik à quatre pattes dans l'herbe, entourée de plusieurs corps-Centaure, c'était très étrange, elle murmurait très posément : « J'adore être votre femelle, tétez-moi, vous traire la bite, vos corps bandés comme des verges, engloutis par mes bras, votre inspection de ma chatte avec des doigts précautionneux d'horloger, j'adore, branlez là où il faut vous savez, essayez, j'adore vos mains poignant le gras de mes fesses, le carmin que vous y laissez j'adore, l'abandon de tout votre poids sous mon corps perclus de crampes, être votre pâte à crêpes, voir mes mamelles pendantes accompagner le mouvement de votre déhanchement, j'adore sentir que vous allez trop loin, j'adore vous enfoncer un doigt dans le cul, le sphincter crispé autour de mon index comme une chevalière trop étroite, j'adore votre obstination frénétique, votre travail toujours réinventé, vos visages exorbités de ténacité magistrale qui n'ont rien à voir avec l'extase bucolique, j'adore le calme parfois, berçant nos corps fondus, comme le vent effleure le fil de l'eau, et les ricochets de vos coups de bassin écrasant chacune de mes vertèbres, et moi, de vous grimper, oublier que nos corps ont une forme initiale, laisser filer les traits de mon visage, s'acharner sur cette grosse tringle tendue vers les oiseaux fous, s'enfoncer hurlant, s'enfoncer secouant, pas de plaisir béat je le répète, il ne s'agit pas d'amour j'adore… »

Je me suis réveillée en nage. J'ai bu un verre d'eau. Je me suis demandé d'où venaient tous ces rêves. Si c'était bien encore un coup de mes hormones ou quoi ? Je me suis dit que l'existence est grande. Puis j'ai dormi jusqu'au petit jour.

Je ne savais pas, en me réveillant ce jour-là, qu'une visite magistrale de mon Cousin Francky aurait lieu à Moon Gate.

Il me semble que quelqu'un vient d'entrer dans la chambre   Mais oui
          Un va-et-vient
                    Oui, quelqu'un vient d'entrer
          Maman, Papa, dites-moi qui vient d'entrer ?
                    Et cette voix, il me semble reconnaître cette voix   Non !!! Ce n'est pas vrai !!!???
          Mais si. Si, c'est lui

          FRANCKY, mais OUUUUI

C'est mon Cousin Francky ! Vraiment ??? Oh quel bonheur, mon Francky ! Mon gentil Cousin Francky ! C'est incroyable ! J'allais parler de toi ! Et tu surgis à l'instant même ! C'est incroyable ! Ce coma augmenté ! Cousin ! Mon Cousin chéri !
          Je vis vraiment un truc de dingue
                    Le réel, la fiction, tout se mélange
Oh que oui, l'existence est graaaaaande
Et comment vas-tu vieille branche ?   Eh bien, moi, ça va aussi, merci   Dans un sale état, mais le cerveau toujours intact héhéhé
                    Ah si tu savais

Et puis shit ! J'aimerais tellement te serrer dans mes bras   Là, je ne peux qu'enlacer nos souvenirs   Oh, c'est que nous en avons des souvenirs !   Ah Francky !

Je te revois pissant du haut du balcon à La Spagna   Quel été de folie, mon Francky Quoi, qu'est-ce que tu dis ?   Mais qu'est-ce que tu me dis là ???   Parle plus fort ! Tu fais ça si bien, toi, l'acteur Shakessspearien, parler fort ! La voix aiguisée par tes centaines de rôles ! (Tellement usée, à vrai dire, plus rien de vrai dans ta voix, plus d'émotion non contrôlée, trop de faux-semblants, trop de maîtrise, beurk, les voix de tes amis acteurs, je les détestais, brrrrrr, ces êtres sur-articulant, « posant » leur voix à souhait, et essayant toujours de parler plus haut que les autres, les « Moi, je », les full « en représentation », et leurs rires, oh leurs rires forcés, je les ai détestés, tes amis acteurs, Francky, même si nos acteurs Britiches sont les meilleurs, et je ne parle même pas des actrices !!!!   Mais bon, allez, nous ne sommes pas là pour régler nos comptes !)
C'est très gentil de venir dire bonjour à ta vieille Cousine ! Prends un siège, je t'en prie, mets-toi à l'aise. Sers-toi à boire, si tu veux ! J'imagine que tu es là pour rassurer ma vieille Maman hein. Ah, ta chère capacité à écouter les âmes en peine. Mais dis-moi, es-tu venu avec ton vieil ami Terry ? C'est que vous faites un sacré couple ! Je n'oublierai jamais la tête de ton Père quand tu as annoncé,

ce Noël-là, votre décision de vous marier ! Ah, qu'est-ce que je riais dans ma barbe... Cette brave et bienséante Famille Inglishes tendance viktorienne ébranlée par l'évolution des mœurs. Et ce ton qui a monté, la tête de ton Pèèèère, nous étions dans un vrai remake du film *Festennn*   Mais dis-moi

Allez, dis-moi, quel bon vent t'amène ?

????

Hein ???

Tu n'es pas très loquace,

je ne t'entends pas   Est-ce que tu peux me dire ce que je fous là ?

Pas très explicite, Dear Cousin Francky

Allez, fais-moi ce

plaisir

Tu me dois bien cela après ces grands services que je t'ai rendus

Combien de pognon je t'ai filé quand ta carrière battait de l'aile hein ? Mais ok. Ne revenons pas là-dessus. Je l'ai fait de bon cœur. Et puis, j'ai adoré « te couvrir » quand tu t'encanaillais dans des bouges de Lllondon

Oh, je n'ose pas imaginer le nombre de tiges (ou pas ?) qui t'y fendaient le cul   (Excuse ma grivoiserie mais je suis dans un trip hormonal, là)

Ah les bouges de Lllondon

Je ne savais pas trop ce que tu y fichais mais j'aimais t'attendre

Cela me faisait penser à notre nuit dans le boui-boui de la Miguelita à La Spagna, là où je t'ai vu

« muter », Cousin-chéri   Je t'en supplie, dis-moi comment je vais ? Je suis très sage, tu sais, je fais tout ce qui est en mon pouvoir pour me maintenir en état, tu sais. Je dois d'ailleurs avoir écrit presque un livre en entier, tu sais. Non, non, j'ai arrêté le polar, là   C'est fini, tu sais, les mystères, les enquêtes interminables, les cadavres de nanas, les vieux pardessus, les balles coincées dans les boîtes crâniennes   Me suis lancée dans l'autobiographie   Bon, pleine d'anachronismes, hein, l'autobiographie, vu d'ici le temps semble une donnée plate bourrée d'erreurs et d'inconcordances   Néanmoins, une autobiographie, cela étonnera mes lecteurs

Et fera plaisir aux feuilles de choux du *Daily Mirror*, les cons   Ça boostera mes ventes, mon éditeur adorera. Et là, Francky, j'allais parler de toi !!! Tu sais, ta formidable arrivée à Moon Gate ! Nos trucs de fous !!! Tu m'as sauvé la vie ce jour-là, Francky. Je t'en serai éternellement reconnaissante !   Sans toi, j'aurais tourné vinaigre

        Pffffff Francky, j'ai trop de choses à raconter ! Une vie, une vie entière à écrire, c'est un travail titanesque   Et au final, je me demande vraiment si cela intéressera quelqu'un ! Toute cette indécence, ce déballage personnel

        Rooooh, qu'est-ce qu'une vie Francky ??? Qu'est-ce qu'on retient d'une vie quand on sent qu'elle nous échappe ???

Et là, je commence à sentir que je suis au bout

Faut arrêter ça tout de suite, non ??? Je ne peux pas rester dans ce trou noir ad vitam æternam !

Dis, pourquoi es-tu venu ? Pour me dire un dernier au revoir, c'est ça ? Allez, avoue-le. On a toujours été francs l'un envers l'autre, oui, je sais, tu n'aimais pas trop que je te dise le vrai quand je ne t'avais pas aimé dans certains rôles

Oh oui, tu étais furieux

Toi qui investissais tant tes préparations de personnages

Eh bien, c'était ça le problème, Francky !

Tu étais TROP ton personnage

Tu perdais tout humour, toute distance, tu ne mangeais plus ou trop, c'était selon, tu buvais, tu te promenais déguisé en sdf ou en Henry XXII ou en épouvantail, tu hurlais face à la mer

De la branlette Francky, c'était de la branlette   Tu aurais pu raconter ton histoire plus simplement   Allez, ok ok, ne ressassons pas le passé !   Tu es là, parce qu'aujourd'hui c'est Noël, aaaaaaah c'est ça   La dinde et les cadeaux vont bientôt arriver et on entendra les fire-crackers déchirer la nuit   Allez. Viens.

Détache-moi. Et on va bouffer une Belgiaaanfries

à la cafet de cet hôpital de merde

Francky ?   Francky ?

Je compte sur toi pour leur dire de ne pas me débrancher hein   Tu te souviens de Yuma Thurman dans le film *Killll Billll 1* hein ?

Ben oui, elle se réveille au bout de quatre années de coma   Et elle pète la gueule à tous ces salopards   Je vais me refaire hein Francky, je vais me refaire, je le sens, c'est une question de temps   Allez, allez, Sweetie Horn, move your ass, continue, lâche rien lâche rien   Bon qu'est-ce que je disais
Ah mais oui ! Ta formidable arrivée à Moon Gate, Francky ! Ah oui, c'était magnifique ça !!!! Et surtout, nous avons évité le pire :

Les semaines avaient passé, et les mois, et même une année, puis deux. Moon Gate mutait lentement mais sûrement en une super ferme à vocation « durable » et commençait à jouir d'une certaine réputation dans la région. Un des objectifs de Papa et ses collègues était que Moon Gate « fasse des petits » en suscitant d'autres entreprises de ce type dans le Pays des Galles. Les fermes commençaient à travailler en réseaux et les productions se multipliaient. Papa était aux anges. Radieux. Il devenait un bel homme, « plein », son corps s'était musclé et son teint était frais de vie au grand air. Parfois, il était plein de soucis et de tracas terribles, quand les pluies et les grelons détruisaient les semailles par exemple. Mais il ne se décourageait jamais. Néanmoins des rides étaient apparues sur son front dégagé. Il faisait plus « vieux ». Il ne sentait plus le sucre mais le fumier ! Sa ressemblance avec Grand-Dad devenait de plus en plus évidente. J'étais extra fière de mon Papa. J'aimais bien qu'il me confie des tâches. Je faisais tout bien. En plus, il commençait à me laisser tenir le volant du tracteur. Et j'adorais ça. Je me sentais puissante. Ce bruit infernal, cette vibration forte, tout ça excitait mon adrénaline et... mes hormones. Rooooh et ces pneus gigantesques... Je rêve de le conduire seule mais mon Père veut pas ça. Sur le tracteur, je me sens grande. Ça par contre, ma grandeur, ça s'arrange pas avec les années. Tout pousse autour de moi, tout croît... Les arbres, les plantations d'Ayako, les Jumeaux... Mais pas moi. Et je déteste cette sensation de stagnation. C'est comme si je n'étais pas dans le même train que les autres. La fille restée sur le quai, je suis. La fille au ras du sol, je suis. La mini-fermière. Et du coup, un cafard énorme plombe toute ma vie quotidienne. Une sale tristesse tenace qui colle de partout et me fait sentir toujours un peu en dehors du monde. Parfois, les jours de crise, je pourrais me suicider. Arrêter tout ça. L'autre jour, je me suis dit que je pourrais me pendre dans l'étable bleue, celle où Lawrence et le petit sont morts. J'ai la corde et il y a un crochet. Pendue, c'est ça... Mon corps suspendu dans les airs. Mais j'ai peur que ce soit Papa qui me découvre et qu'il soit tout de même fort triste. Ce serait mal commencer sa journée. Et il a du boulot pas possible, le pauvre ! Mais c'est si dur d'être si petite. J'aimerais tellement être une cheval, oui, une très grande cheval, et courir comme une folle dératée dans les champs. Géante et libre.

Mais un jour, la corde, le crochet, tout ça, je l'ai quand même fait. C'était un week-end. Vendredi soir. Maman était rentrée passablement éméchée de l'hôpital. Ils venaient de fêter un truc de dingue et c'est Maman qui en était la star. Des parents avaient amené d'urgence à l'hôpital leur petit garçon qui avait bleui subitement. C'était complètement étrange ce petit bonhomme tout bleu, comme un descendant des Ssschtroumpfs. Et tout le personnel était dépité parce que personne ne parvenait à trouver pourquoi ce petit garçon était tout bleu. Et c'est Maman qui a trouvé ! L'enfant a donc été placé dare-dare en salle de réanimation et sous masque à oxygène car il ne respirait pas bien. La Mère du gosse poussait sans arrêt des petits cris de truie à l'agonie, c'était pathétique. Maman est arrivée, elle a regardé l'enfant et elle a compris. « Qu'a mangé l'enfant ? » a-t-elle demandé. Tout le monde a regardé Maman d'un drôle d'air, l'air de dire « Occupe-toi plutôt de faire respirer le petit ». On lui a tout de même répondu que le petit avait mangé des épinards... Maman a répondu « Ah. Ok. » et elle lui a fait une injection de bleu de méthylène devant l'assemblée médusée. Et miracle, l'enfant s'est mis à rosir progressivement ! Maman a expliqué que le petit était atteint du « blue baby syndrome » dû à l'ingestion d'épinards excitant le taux de méthémoglobinémie dans le sang. Tout le monde a fait des « Oh » et des « Ah » supra admiratifs et a applaudi Maman. Et la Mère du gosse a arrêté ses cris de truie.

Donc Maman était la star du jour et pour fêter ça elle a sifflé quelques verres avec ses copains. Alors, elle est rentrée à la maison en accrochant l'Austiiin rouge dans le garage, elle a pesté contre l'architecte qui l'a conçu trop étroit, le garage, et trop large, l'Austiiin. Elle s'est servi un whisky et faisait un peu peur à voir. Pendant le repas, elle parlait fort, interrompait tout le monde, ne parlait que d'elle et demandait 36 fois par minute à Papa si il était fier d'elle et lui, répondait que « Oui bien sûr, ma chérie » sans broncher et regardait beaucoup le sol quand Maman gesticulait de ses bras comme une mauvaise actrice. Puis elle s'en est prise aux Jumeaux en les embrassant sans cesse, en leur disant qu'elle avait fait les plus beaux enfants du monde, qu'elle n'avait jamais vu des petits garçons aussi brillants et qu'ils étaient les fifis à sa Maman. Puis, elle s'est tournée vers moi avec son regard de folle. Elle avait son blanc à la commissure des lèvres. M'a regardée profondément. Dans un silence. A dit :

– Mais oui, Poney, il me semble que tu as grandi !
– !!!!!!!
– Mais si, Poney, je suis sûre, lève-toi un peu ?
– Euuuh je crois pas, Mum.

- Moi je crois que oui !
- Non Mum...
- Mais si, Poney, lève-toi...

Papa n'osait pas intervenir et je le voyais tout pataud ne sachant sur quel pied danser.

- Mais oui, fifille, tu te lèves.
- No.
- Si.
- No no.
- Petite arrogante, tu vas obéir à ta Mère ?
- ...
- Obéis, je te dis.

Comme son regard devenait rouge, je me suis levée. Elle s'est jetée sur moi, m'a empoigné le haut du bras et m'a collée au chambranle de la cuisine, là où elle nous mesure. Elle a fixé de ses yeux de dingo le haut de ma tête, s'est rendu compte que je n'avais pas poussé d'un millimètre, m'a ordonné de me tenir droite, encore plus droite, toujours plus droite puis... a shooté un grand coup de pied dans le chambranle et a quitté la cuisine en marmonnant des trucs grossiers. J'ai rejoint ma chaise. Il y avait un grand silence dans la cuisine. Tout tremblait dans mon corps. Alors, j'ai demandé à Papa si je pouvais venir avec lui à Moon Gate demain matin. Il a répondu « Bien sûr ». Et je suis allée me coucher.

Je n'ai pas fermé l'œil de la nuit. Obnubilée par ma prise de conscience : ma vie est nulle. Alors, au petit jour, après une nuit blanche à ressasser tous les moments moches de ma petite existence, j'ai décidé que je le ferais.

Je me suis levée avec Papa. Nous avons petit-déjeuné, comme si de rien n'était. Je n'entendais pas tout ce qu'il me disait, j'étais comme dans du coton. Nous sommes arrivés à Moon Gate. Il est parti faire les ouvrages avec Pedro. Je les voyais passer d'une étable à l'autre. Et pendant ce temps, j'organisais tout. Le lieu, la corde, le nœud, le crochet, l'échelle. Je le ferai donc dans l'étable bleue. Quand les ouvrages seront terminés. Vers 9 heures 30 quoi. Ayako et Kitagawa seront dans le potager. Papa et Pedro seront pas dans les étables en tout cas. Et le matin a filé. C'était encore l'été. J'ai déplacé discretos l'échelle. J'ai croisé Pedro qui m'a dit un dernier truc genre « Tu travailles avec nous ce matin ? » J'ai rien répondu. Puis j'ai regardé une dernière fois mes animaux et la cour de la ferme. L'été est triste, j'ai pensé, vraiment triste. Puis j'ai noué la corde à une barre de métal des mangeoires des animaux. J'ai approché l'échelle du crochet. Les quelques vaches dans l'étable étaient calmes et terminaient leur nourriture. L'échelle branlait un peu sur le sol irrégulier. J'ai pris ma corde. J'ai prié pour que les nœuds improvisés résistent. J'avais jamais fait ça un nœud de pendue. J'ai glissé la corde dans le crochet. Le crochet semblait super solide. Voilà. C'est prêt. Y a plus qu'à. Damned, j'ai oublié de laisser un petit mot. Tant pis, ils z'auront qu'à deviner pourquoi. J'espère que ma Mère va bien bien bien culpabiliser la conne... Je pensais plein de trucs et j'arrivais pas à me passer la corde au cou. Je pensais à mes Ancêtres, tout ça. Je me demandais s'il y avait déjà eu des suicidés dans la ferme. Ça me flatterait d'être la première en fait. Ah merde, ma grosse liasse pour le cheval, qui va l'empocher ? Et les dernières cigarettes de Grand-Dad, qui va les fumer ? Puis j'ai respiré un grand coup, comme avant de sauter dans la piscine. J'ai passé la corde autour de mon cou d'agneau. Ça piquait. J'ai tout de même bien serré... Et comme dans les films, une fraction de seconde avant de balancer l'échelle, j'ai entendu : « Swwwwwwwwwwwwweeeeeeeeettiiiiiiiiiiiiiiiiiiiiiie, where are youuuuuu ? »

Et c'était toi, mon Francky !
C'était bien toi qui arrivais !
Hurlant mon nom joyeusement dans la ferme
d'été   C'était incroyable   Ce hasard
Ce croisement de nos vies
Tu étais là   Comme tu es là, ce matin avec moi
Tu étais là
Avec cette chaleur dans la voix

Ô Francky, quel est ce lien particulier qui nous unit ?

Je t'aime tant   T'estime tant

Tu es si attentif

Si gentil d'être là aujourd'hui

J'en suis émue   Regarde, je pleure

Non ?

Tu vois mon nez couler ?

La suite :

J'entends cette voix chaude qui hurle mon nom. Et je la reconnais, cette voix. C'est Francky. Mon cher Francky. Il surgit dans l'étable bleue et pousse un cri d'effroi quand il m'aperçoit la corde toujours au cou. Il a compris. S'approche délicatement de moi et me parle très doucement : « Je tombe à pic, dirait-on. » Comme je ne réponds pas, il s'approche de l'échelle et me tend une main. J'hésite un très long temps mais je la prends. Elle est moelleuse, cette main. Elle est tendre et chaude. Je comprends qu'elle ne me lâchera pas. « Tu descends, Sweetie ? » Et je me dis qu'il vaut mieux redescendre et passer un moment avec Francky, quitte à réitérer mon suicide un peu plus tard. J'ôte ma corde au cou et avale les marches de l'échelle. Une fois au sol, Francky m'enlace, m'enlace si fort. « Ma chérie », dit-il. Et je fonds, je fonds, je fonds en larmes dans les bras de mon cher Cousin.

On a rangé ni vu ni connu mon matos de suicide. Francky me demandait si je voulais lui parler
mais je ne parvenais pas à dire un mot. Que de
nœuds il y avait aussi dans ma gorge. Mon corps
était tout racrapoté. Puis on a continué la journée
« normalement ». Au potager d'Ayako. De temps
en temps, sans insister, Francky me demande si je
veux lui parler mais je réponds un « non » de la
tête. C'est que j'ai encore envie de me suicider. Je
suis toujours la tête dans une soupe existentielle et
mes idées sont noires comme charbon. Francky est
d'une tendresse émouvante. Il s'arrange pour être
en permanence en contact avec moi. Sa main se
pose nonchalamment sur ma main ou mon cou...
à chaque fois, ça me fait comme une décharge
d'électricité vivante. J'entends, comme au loin, les
voix d'Ayako et de Francky qui commentent l'état
du potager. Je suis loin, si loin... Et toute la journée
s'est passée comme ça. Est venu le soir. Francky
restait dormir à Moon Gate. En catimini, il m'avait
dit qu'il avait des choses importantes à me montrer et qu'il avait besoin de mon avis. Au souper, les
éclats des voix éventraient mes tympans... Je suis
sortie de table (j'avais rien mangé d'ailleurs). Et
me suis réfugiée dans mon lit. La nuit me semblait
étouffante. Francky a déboulé. Le front rempli
d'inquiétude. A dit un « Ah » de soulagement quand
il m'a vue gentiment pelotonnée sous mon drap. Il
s'approche. S'assoit délicatement. Je sens son odeur
de gars. Je la reconnaîtrais entre mille, l'odeur

de Francky. Mon cher Cousin. Nous sommes nés ensemble. Avons grandi ensemble. Qui d'autre me connaît mieux que toi. Et vice versa. Ce lien incroyable. Je t'aime Francky. Je t'aime. Il pose sa main sur ma chevelure. S'attarde sur mes tempes. Le haut de mon crâne. Ravive ma circulation sanguine. Et c'est bon, c'est bon... Je fonds, je fonds un peu, il le sent, puis beaucoup je fonds, puis à fond, je fonds et j'en larmes. Pffffff, c'est le débordement... Tout sort.

- Pleure Cousine, vas-y pleure...
- Wouin, wouin... (je fais)
- Que se passe-t-il ma Sweetie ? Tu
  as de gros soucis, dirait-on.
- Wouin, wouin, Franckyyyyyyyyyyyyyyyyyy...
  Bouuuuuuuuuh. C'est si dur. Si dur.
- La mort de Grand-Mère, tu veux dire ?
- Meeeeeeeeuuuuuuuuh non, non, ça je
  m'en fous... Enfin, je veux dire, ça, ça va.
- Mais alors, quel est le problème ?
- Bouuuuuuh bouhhh boooooooooouuuuuuuuuh
  Franckyyyyyyyyyyyyyyyyy.
- Oui, ma chérie. (je foutais de la morve partout
  mais Francky faisait comme si de rien n'était)
- C'est si duuuuuuuuuuuuuur, durrrrrrrrrrrrrrrr.
  (et je me jette la tête dans mes oreillers
  et hurle, hurle en silence. Francky
  redouble de caresses légères)

Enfin, ça dure comme ça un bon moment puis je me lève et dis :

– Regarde-moi, Francky, regarde-moi bien.
– Oui, je te regarde. Je te vois.
– Eh bien, est-ce que tu ne remarques pas quelque chose, tu remarques pas kék chose, Francky ?
– Euuuuh, si.
– ???
– Si je puis me permettre... Tes seins. Tu as des seins maintenant.
– Oui, ok. Mais tu vois pas autre chose ?
– Euuuuuh. Si. Quelques boutons d'acné !!!
– Roooooh, oui, ça va, je sais, tais-toi ! Mais non, AUTRE chose ?!?
– Eh bien, j'imagine que tu dois avoir quelques poils au pettt !?!? (là, je ris un chouïa avec Francky).
– Roooh tais-toi, t'es bête !!!
– Et ils doivent être tout roux, tes poils !!!
– Mais tais-toiiiiiiiiiiii !?!?!... Non. AUTRE CHOSE.
– Non, je vois rien... Ah oui, tu as recoupé un peu tes cheveux, non ?
– Mais non, c'est pas ça !!! Regarde mieux (je tourne sur moi-même).
– Ah. Tu as un peu de cellulite dans le haut des cuisses, c'est ça ?

- Pffffff. Mais non, ça on s'en
  fiche. Non : ma taille.
- Quoi, ta taille ?
- Ben, ma taille.
- ...
- Ben, petite.
- Petite. Ah oui. C'est vrai que... Regarde, tu
  m'arrives à peine au thorax. Ah purée, mais
  c'est vrai que tu n'es pas bien grande.
- Ah. Ah. Tu vois hein. Tu vois que
  tu le vois aussi comme je le vois et
  comme tout le monde le voit.
- Et alors ? C'est pour ça que tu veux te
  suici... Euuuuuh, que tu veux en finir ???
- Oui.
- Ah.
- Oui. Ma vie est nulle, Francky.
- ...
- Nulle. Nulle. Nulle. Supra nulle.
- ...
- Je veux mourir.
- ...
- Qu'en penses-tu ?
- ...
- Francky ? Franchement ?

Francky semblait perdu dans des pensées... Il
s'est passé un moment les mains dans les cheveux.
S'est levé. S'est dirigé vers la fenêtre et puis m'a

demandé si on ne pouvait pas aller s'installer dans
une chambre plus grande :

- J'ai des choses à te montrer. Et
  j'ai besoin de ton avis.
- Euuuuuh. Ok.

Francky est redescendu et au bout d'un moment,
il s'est ramené avec un gros sac de sport argenté.
Mystère... Je lui ai dit que nous pourrions aller dans
le vieux grenier de l'aile droite de la ferme. Il semblait trouver l'idée bonne. On a pris des draps, des
oreillers, des bougies. C'était un peu excitant et ça
m'éloignait de mes pensées de mort.

Le grenier était bien poussiéreux. Francky
était tout ému de le retrouver, cela faisait longtemps qu'il n'y était plus venu. Ici et là, traînaient
des vieux jouets qui avaient dû appartenir à nos
Parents... Des berceaux de poupées, des petits
vélos. Francky s'arrête devant une poutrelle ronde
et la caresse en acquiesçant. Oh, il est si mysté-
rieux, mon Francky ! Ça accentue sa beauté, je
trouve ! On s'installe. Bougies multiples, un nid
d'oreillers et de draps. Francky se dirige vers son
sac argenté et en sort une bouteille de sherry !!!
Oh le coquin ! « Je l'ai piquée dans le bar en bas ! »
On rit. « Tu veux ? » dit-il en débouchant la bouteille. Je bois une gorgée au goulot. C'est sucré.
J'aime bien. Rooooooh. L'envie d'une clope tout à
coup. Et je pars rechercher le paquet de Grand-Dad

caché dans ma chambre. Tout en marchant, il me semble déjà sentir l'effet du sherry. Un soupçon de joie m'émoustille. J'ai déjà moins envie de mourir, tiens. Je pressens que cette nuit avec Francky va être particulière... (Jamais je n'aurais imaginé qu'elle le serait autant !!!) Dans ma chambre, je prends aussi mon petit sac de gym avec la grosse liasse de billets. Faut que je montre ça à Francky. Il va pas en revenir de voir autant de fric ! De retour dans le grenier, je découvre que Francky s'est mis à l'aise, il a ôté son tee-shirt. La nuit est si chaude. Je m'assois à côté de lui. On rit un peu. Comme des gamins qui font un sale coup. C'est bon. La lumière des bougies transforme notre perception de l'es-pace... Certains murs paraissent surréels, dansant au gré du halo des flammes. La réalité tremble, c'est ça... La réalité tremble. Plein de pensées m'as-saillent. Comme si mes hormones-Horn s'étaient à nouveau réveillées. Et là, je le fais. Puisque j'adore mon Cousin. Je lui offre une clope du paquet de Grand-Dad. Je ferais ça avec personne d'autre. « Avant de partir en euthanasie, il me les a don-nées, avec le petit étui en cuir noir avec le cerf gravé dedans... Tu vois, là. » Francky semble ému. Lui aussi aimait beaucoup Grand-Père. « Je t'en offre une, si tu veux. Elles sont spéciales. C'est Grand-Dad qui aurait dû les fumer... Chaque fois que j'en goûte une, c'est comme magique. M'en reste plus beaucoup. » Francky semble émerveillé. Il se sert et allume la cigarette à la bougie proche de lui. « Paraît que quand on allume une clope à la flamme d'une bougie, un marin meurt », dit-il... « Oh, et voilà, un marin mort ! » On rit ! J'allume également une cigarette à la bougie et en chœur nous disons : « Oh, un deuxième ! » Et nos rires redoublent. Roooooh, j'aime bien ! J'adore l'humour un peu piquant de Francky ! Et fume ! Contre tous les avis. Et fume ! Sans répit. On avale tout. On laisse la fumée enchantée envahir nos cellules. Nos cerveaux s'en joient.

- Oh Francky, c'est bien, avec toi,
  je peux parler de tout.
- Yeeees, M'dam !
- Regarde la grosse liasse que Grand-Dad
  m'a donnée pour m'acheter un cheval.
- Wouaaaaaah, tout l'pognon ! C'est qu'on
  pourrait en faire des choses avec ça !
- Oui. J'envisage de partir en Chyne
  pour me faire allonger les jambes.
- Noooooon ?
- Si. C'est pas impossible.
- Tu veux vraiment grandir hein.
- À fond. Je ne rêve que de ça. Sinon, à part ça, la
  vie va bien tu sais. Moon Gate Farm cartonne.
  Et, enfin, il m'arrive plein de trucs de ouf...
- Ah bon, toi aussi ?
- Nom d'un panda, des trucs de
  dingue ! Mes hormones.
- Ah bon, toi aussi ?

- Au taquet.
- Toi aussiiiiii ?
- Je tombe amoureuse de tout ce qui bouge. Même un chien avec une mini-jupe...
- Nooooo. Toi aussi, Sweetie.
- Ah oui, c'est dingue. Je crois que c'est un truc dans nos gènes, Francky, un truc de Horn.
- Et moi Sweetie, c'est fou, j'aime autant les hommes que les femmes. Mais bon, je crois que si tu es un tant soit peu amoureux de la vie et de la beauté, c'est normal que tu aimes tout ce qui passe... Enfin, je suis pas sûr que j'irais jusqu'à me taper un chien avec une mini-jupe, même si elle est à paillettes !!! (on rit fort)
- Tu vois Ayako comme elle est belle, Francky ? Et Pedro ? Oh, t'as vu ce Pedro, avec ses belles lèvres de bouche ?
- Oh oui, il est magnifique.
- J'ai hâte de le faire, Francky.
- Ah bon, tu ne l'as jamais fait ?
- Ben non. Avec qui d'abord ? Personne ne m'aime à l'école. On se moque de moi. On m'appelle « Poney nain » ou « haleine de Poney ». Je fais envie à personne. Mais bon, j'aimerais le faire. Je peux pas rester vierge comme ça toute ma vie. Je vais pourrir de là en bas si ça continue... (on rit)
- Si tu veux, je te montre un peu.
- Comment ça ?
- Eh bien, on fait l'amour.

– ...
– Comme ça, tu sais déjà pour quand ça
  t'arrivera vraiment avec quelqu'un.

La proposition de Francky me hérissa les cheveux dans un premier temps. Je pris le temps de
tirer quelques bouffées de cigarette et de voir ce que
la fumée me dirait. Telle une pythie... Et la Pythie
me répondit que ce n'était pas une mauvaise idée.
Qu'avec Francky, j'étais en sécurité et qu'au moins,
mon dépucelage, ça, je l'aurais réussi. Et puis, il
paraît que cela se fait beaucoup en Famille, la toute
première fois.

Alors, on l'a fait.
Simplement.
Ça n'avait rien de grandiose.
Il y avait pas des étoiles partout.
C'était juste que maintenant, j'étais percée de là
en bas.

– Voilà.
– Voilà.

On s'est un peu endormis, nos mains nouées.
Quelques heures plus tard certainement, Francky
me dit qu'il a donc des choses à me montrer. On
re-fume, on re-boit et Francky fait sonner sa sono
avec de la musique hyper-binaire et excitante.
Ok. Étape supérieure, je me dis. Francky fouille

dans son sac d'argent et il enfile des trucs sur sa peau. « Ferme les yeux », dit-il. J'obtempère. Ça dure. « Maintenant tu peux ouvrir. » Et oooooh, je découvre Francky vêtu d'un string à paillettes !!! « Oh, Miguelita », je dis. « Exactement », il répond. Et la sono se met à balancer des rythmes vraiment cools. Et Francky tangue du corps et des membres... Wouah, il est superbe ! Il s'élance, danse, rebondit, montre, écarte ! Puis, il se dirige vers la poutrelle qu'il caressait tout à l'heure et entame un numéro de pooldance qui n'a rien à envier aux numéros de Miguelita et de ses copines. Oh, dingue, mon Cousin est merveilleux ! Son corps est magnifié par les caresses de la lumière des bougies. Light show naturel. Son ombre se projette sur les murs man-sardés. C'est féérique ! Non. Je ne veux plus. Non. Je ne veux plus mourir... Et le show de Francky a duré le temps de trois chansons.

– Alors, ton avis ? Ça t'a plu, Sweetie ?
– Impec. T'es plus que prêt pour *La isla fantastica*.
– Tu es la première à qui je montre.
– T'es magnifique, Francky !

Il s'est approché de moi, a défait sa paire de bottes. Et dit :

– Tiens, pour tes jambes. Essaye un peu ça.
– Quoi ?
– Eh bien, mes bottes. Essaye.

J'ai regardé ses bottes de plus près... C'étaient des bottes compensées, en fait, des platform boots, jaune flashy laqué. Bien compensées, les bottes, d'au moins 12 centimètres. Et mon franc est tombé. Et si c'était aussi simple que ça ??? Si ma vie devenait aussi simple que cela ??? L'espace d'un instant, j'ai failli m'évanouir... J'ai respiré un grand coup. Et tremblotante, j'ai enfilé les bottes, l'une après l'autre. « Tiens-toi à mon bras, fais gaffe, c'est haut hein », dit Francky. Je me suis agrippée à son bras nu encore chaud de danse et je me suis levée...

Francky
C'est quoi, ce grand bruit dans la chambre d'hôpital ?
Une infirmière a branché un appareil ?
Francky ???
Je ne parviens plus à me concentrer :

Je me suis levée... et c'était incroyable ! Je suis grande. JE SUIS GRANDE. JE SUIS GRANDE. JE SUIS GRAAAAAAAAAAAAAAAANDE. JE SUIS CHEVAL. ENFIN, JE SUIS CHEVAL !!!!!
Francky riait avec moi, il semblait ému. Et je me mis à marcher en me tordant les chevilles de-ci de-là mais je m'en foutais. Quelque chose

en moi s'ouvrait. Un grand fracas dans ma tête... « Je suis grande, je suis grande », me répétais-je sans cesse. Toute ma perception de l'espace s'était modifiée. Tout à coup, je n'étais plus SOUS les choses, j'étais AU-DESSUS des choses. Je respirais, je respirais comme jamais. Et je riais, je riais d'un rire qui venait du fond de mon vagin, je hurlais de rire, je hurlais... Et Francky s'est mis à rire avec moi aussi. Et je lui voyais des larmes au coin de ses beaux yeux verts. Il était ému comme devant un aveugle qui recouvre la vue. J'enlaçais Francky, je l'emmenais dans une danse de dingo, de dingo de joie, c'est cela... Oh, purée, quelle journée, les amis, toute la densité de cette journée me gicle à la conscience ! Ma tentative de suicide, mon dépucelage, ma grandeur, mon amour fou pour mon Cousin... « Eh Francky, on va pas en rester là hein ??? Viens, on prend tout, on va faire la fête dans la cour, je veux marcher avec ma nouvelle moi sur les pavés de la cour, je veux dire bonjour à mes animaux en graaaaaaaande, graaaaaaaaaande, graaaaaaaaande, Francky... Oh prends-moi dans tes bras, serre-moi fort, dis-moi que tout ceci est réel, que je n'aurai qu'à porter des bottes jaunes toute ma vie et que tout sera simple. Simple. Simple. La vie sera cheval. Je te le dis Francky, dorénavant la vie sera CHEVAAAAAAAAL !!! »

Nous sommes descendus dans la cour avec notre cortège de musique, de sherry, de grosse liasse et de clopes fortes... Nous étions ivres. Ivres et nus (lui, en string à paillettes et moi, bottée !!!). L'air frais saisit ma peau et surtout ma chatte, ma chatte nue. Oh, c'est si bon d'appréhender l'atmosphère perchée sur mes talons. Mon sexe boit l'air. Il gonfle et finit par avoir envie de pisser. J'écarte les jambes et debout, je lâche une miction sur une famille de petits pavés. En urinant, je me trouve géante et belle comme une nana sur une photo d'Helmuuut Newton. Mes organes retrouvent leur forme initiale (sauf mon hymen, ah ah ah « joyau des filles » le con, il est bien bien bien défiguré celui-là !) et je pense que je suis prête pour de nouvelles aventures. Qu'en penses-tu, Francky ? « Tout, tout pour L'Enfant, te répondrait Grand-Dad », dit-il. Et il colle sa bouche sur mes lèvres. Oh, ces baisers sous les étoiles... C'est grandiose. « Et tu vois, là-bas tout là-haut, Francky, l'étoile, si on la suit, on arrive à Lllondon. »

Francky

Veux-tu bien demander à l'infirmière de couper la machine qu'elle vient d'allumer, ça fait un vacarme d'enfer

Francky, s'il te plaît ?

J'ai mal :

– Lllondon ?
– Oui, si tu la suis, l'étoile, elle te mène à
  Lllondon. Grand-Dad me l'a appris.
– Lllondon...
– Tu veux ?
– Oh oui, je veux.

On a filé avec notre barda dans le hangar aux
tracteurs. « On prend le plus beau, j'ai dit, le rouge ».
J'ai enclenché la machine. Elle était un peu revêche
au début, puis elle a filé. Mon Cousin voulait absolument conduire. Moi, j'ai demandé à aller dans la
pelle à l'avant du tracteur, que Francky s'est mis
à lever loin du sol. Oh, magnifique, nichée dans
mon petit cercueil de métal (on aurait dit), j'avance
dans Moon Gate, offerte au paysage auquel je rends
un dernier hommage. Et d'abord, je salue l'allée...
Magistrale et mystérieuse de nuit. J'y sens la vibration des feuilles des tilleuls. Je revois mes jeux fous
avec Grand-Dad. Les rires joyeux qui nous accom-
pagnaient. Grande allée, je salue tes parfums de
végétaux mouillés de fraîcheur nocturne ! Ensuite,
nous arrivons à l'étang... Le miroir noir de l'eau,
comme une tache d'huile dégueulasse. Étang aux
suicidées, étang où je nage avec Ayako, étang dans
lequel j'aurais tellement aimé faire de la plongée
sous-marine et où, lors de son dernier bain, j'ai
vu le corps nu de Grand-Papa. Ensuite nous passons sous le portique de Moon Gate Farm, cette
fameuse porte circulaire en forme de lune pleine...

Et l'astre divin semble me parsemer l'âme de paillettes argentées ! Au loin, je perçois la ferme endormie, je note qu'une petite lumière est encore allumée à l'étage d'Ayako et de Kitagawa. On passe sous l'arche... Arche qui a vu défiler des générations de mes Ancêtres. Et en cet instant-là, ma vie, ma vie de Poney, ma petite vie de sale Poney à l'haleine fétide, je la quitte... Je la quitte à jamais. J'entre dans ma vie de cheval. Dans la nuit épaisse. Sur la route asphaltée.

Francky
Je le répète, j'entends un sifflement
Acouphène géant, hallucination, ne sais mais j'entends   SIFFLEMENT INSUPPORTABLE
J'AI PEUR FRANCKY :

Nous avançons, le tracteur, Francky et moi. La nuit est superbe. Francky met la sono à fond. Dans mon cercueil... Euuuh, dans ma pelle à l'avant du tracteur, je suis comme à la proue d'un navire. *Titaniiic*. Je suis dans les sensations des vibrations du moteur de mon cheval d'acier rouge. Carrément géant. Je suis heureuse, si heureuse... Avec Francky, on va galoper jusqu'à la fin de la nuit dans des bouges de Lllondon, on sifflera de l'absinthe, on flambera la grosse liasse, on embrassera des hommes et des femmes... Ah, génial. Je tente d'allumer une Benson & Hedges, ce n'est pas facile avec le courant d'air et je savoure. Oh, délicieux, toutes ces sensations. Ces paysages intrigants qui défilent... Mon total abandon dans des bras de fer, mes boots jaunes qui me vont à ravir, mes loooooongues jambes, ma nudité qui éprouve toutes sortes de nouveaux stimuli, mon nickname Poney qui s'estompe à mesure que nous avalons des kilomètres... Oh, on n'est pas bien ici ?... Dingue et cool. Tant de choses à vivre encore... J'espère pouvoir errer comme ça, toute ma vie, à poil et bottée. Libre... Ah. On entend Bowwwie dans la sono. David Bowwwie. Y a pas à dire, « androgynie, matrice d'art »... Eh oui. *Is there REALLY life on Mars ?* J'ai envie que oui. Qu'il y ait d'autres continents interstellaires à découvrir. Que la mort soit une illusion. Que je crève jamais. Ah ma belle vie de mille-feuilles. Ah ah ah. Maintenant, ça y est j'ai baisé, ça me fait des feuilles en plus ! J'aimais bien en fait. C'est marrant de le faire pour la première fois. De nouveaux gestes à apprivoiser. Et dans ma pelle, il me semble que je me suis endormie. Enfin, il me semble.

Quelle musique

Quelle musique
ils vont mettre   à mon enterrement ?
Oui, donne-moi la main, Francky
J'ai peur, Francky
Je ne sais pas pourquoi
J'ai peur, Francky
Dis-leur de fermer la porte

J'ai froid maintenant :

Dans mon semi-sommeil de tracteur, je sens que la nuit devient beaucoup plus fraîche, la vitesse et le vent secouent mes boucles rousses... Est-ce que tout ceci est bien réel ? Suis-je bien ce corps aux milliards de cellules recroquevillé au fond d'une pelle d'acier... Suis-je bien moi ? Et quel âge j'ai ? Qu'est-ce qu'une vie au fond ? Combien de fois on va chez le dentiste dans une vie ? Combien de mots connaît-on ? Combien de baisers donnés dans une vie ? Combien de verres d'eau bus ? Et combien de fois faire l'amour ? Il y a bien une fois qui est la dernière fois... Tant de pensées dans ma pelle. Je crois que je m'endors. Ou...

Et plus tard, gonflée à bloc par ce sentiment d'être au seuil d'une vie de mille-feuilles putain d'bordel hyper-excitante, une vie où l'on m'appellerait « la fille aux bottes jaunes », gonflée par la peur du vide avant le grand saut, des visions bizarres et malaisantes venues de je ne sais quel fond des âges sont venues me traverser :

Je me voyais distinctement
J'étais dans une pièce sombre
allongée, dans l'incapacité de bouger
J'étais dans cette position depuis des siècles
Vieille
Je ne pouvais parler
Ni voir
Seulement penser
Des présences humaines, ma Famille certaine-
ment, semblaient deviser autour de moi
Elles me rassuraient un peu
Mais la situation me paraissait
inextricable et désespérante
Les voix autour de moi
sifflaient de plus en plus fort
Tout à coup
il y eut un bruit immense
qui sembla crever le mur du son
                          Francky ?
J'ai d'abord eu la sensation
d'être aspirée par un nouvel espace
Et puis, j'ai réalisé
que j'avais recouvré la vue
et que je flottais dans les airs
Vraiment
Légère légère légère (à peine 21 grammes)

Sous moi, je me vis moi
mon corps vieux, mon enveloppe vieille
petite, résolument petite
couchée dans un lit-cage
entourée de multiples appareils médicaux
Je notai qu'il n'y avait, en fait
personne d'autre dans la chambre
Personne
Ni ma Mère
Ni mon Père
Ni... Francky
J'ai regardé une dernière fois mon corps
solitaire
et le plus simplement du monde
fille aux bottes jaunes sur mon tracteur rouge
je me suis vue m'envoler
Oui, je me suis envolée
Libre
Libre comme l'oiseau bleu

Jejeje.

Merci chaleureux à Marc de Gouvenain, à Anna Soler-Pont et à toute l'équipe de Pontas Literary & Film Agency-Barcelone.

Merci à Catherine Heijmans et à Annick Janssens.

Merci à Geneviève Damas.

Merci à Isadora De Backer et à Juan d'Oultremont, Rancale.

Merci à Pierre Gatz, Villa Cozumel.

Merci à Yves Cantraine, Cuartel Viejo-Almeria.

Merci à Anne et Célyne et au Comité de la SCAM-Belgique.

Merci au Service Promotion des Lettres de la Fédération Wallonie-Bruxelles.

Merci à Adrienne Nizet, Passa Porta-Bruxelles.

Merci à Laetitia Bica.

Merci à Silvie Philippart de Foy.

Total merci à Pierre de Mûelenaere.

Isabelle Wéry, Bruxelles 2018

L'autrice a bénéficié, pour l'écriture de cet ouvrage,
du soutien de la Promotion des lettres
de la Fédération Wallonie-Bruxelles,
de la SCAM-Belgique en collaboration avec
Passa Porta-Bruxelles
et du Cuartel Viejo / Almeria

DU MÊME ÉDITEUR

Extrait du catalogue

Photographie de couverture : Stefanie Schneider

Composition de la couverture : Studio Alvin

Versions epub & kindle : LEC Digital Books

© 2018 Isabelle Wéry & ONLIT Editions

Découvrez l'ensemble du catalogue sur www.onlit.net

Avec le soutien de la Fédération Wallonie-Bruxelles

Avec le soutien de Hélice Productions

ISBN : 978-2-87560-104-9

Dépôt légal : D/2018/13.394/35

Première édition : novembre 2018

Imprimé dans l'Union européenne